穿棉袄的非洲

CHUAN MIANAO
DE FEIZHOU

尚金格 著

百花洲文艺出版社
BAIHUAZHOU LITERATURE AND ART PRESS

图书在版编目（CIP）数据

穿棉袄的非洲 / 尚金格著. —— 南昌：百花洲文艺出版社，
2021.4
ISBN 978-7-5500-4125-7

Ⅰ.①穿… Ⅱ.①尚… Ⅲ.①长篇小说—中国—当代
Ⅳ.①I247.5

中国版本图书馆CIP数据核字（2021）第010277号

出 版 人　　章华荣
责任编辑　　杨　旭
书籍设计　　彭　威

穿棉袄的非洲

CHUAN MIANAO DE FEIZHOU

尚金格　著

出版发行　　百花洲文艺出版社
社　　址　　南昌市红谷滩新区世贸路898号博能中心一期A座20楼
邮　　编　　330038
经　　销　　全国新华书店
印　　刷　　湖北金港彩印有限公司
开　　本　　720mm×1000mm　1 / 16　　　印张　16.5
版　　次　　2021年6月第1版第1次印刷
字　　数　　200千字
书　　号　　ISBN 978-7-5500-4125-7
定　　价　　59.00元

赣版权登字　05-2021-47

邮购联系　0791-86895108
网　址　http://www.bhzwy.com
图书若有印装错误，影响阅读，可向承印厂联系调换。

你看，森林里那一片虫蛀的树叶

　　读完长篇小说《穿棉袄的非洲》，犹如从泥泞的沼泽里走出丛林，令人窒息，一块块热带雨林在眼前消失，回首而望：森林里那一片虫蛀的树叶在枝头摇曳，这个悲伤的非洲大地上孕化着复杂的人性！

　　之前，在中学地理书里读到过，这个南半球的"彩虹之国"，属于热带草原气候，三面环海；后来，在新闻里知道，这个国家在英国白人殖民统治时期，长期推行种族隔离政策。1994 年，终止了旧制度，黑人获得了平等的权利，加入了英联邦国家，是非洲的第二大经济体，拥有"较高"的生活水平，有着一定的国际影响力，也是一个种族、阶层矛盾无处不在的国家。通过这本小说，我第一次从文字里走进了南非，从一扇偶尔打开的窗户去观望另一个不一样的世界，一片遥远的土地。我看到了！坦率地说，非洲这片土地让我感到疑惑。

　　我不知道，是作者笔下的世界太真实，还是作者的想象力太奇特。第一人称的自述，白描出一个陌生的非洲世界，那些为生存而奔波的人们，在一个危机四伏的环境里无奈应对，那些灵魂的堕落和挣扎，那些肉体的沉沦和伤害，血迹

1

洒满书页，不忍目睹又难掩书卷。乱伦、强奸、卖淫、偷盗、抢劫、背叛、名利、谋杀……像钩织的大网罩住了所有的空间，我看到的是人间吗？还有善良、友谊、爱情、民族、国家、梦想……像流水般贯穿了整个小说故事情节，我看到的是非洲大地的生活吗？客观叙事，不着雕痕，娓娓道来，勾起你阅读的欲望，也涌起无数次你对荒诞世界的唾弃和厌恶，你会体味出那些深邃的爱和无法割舍的亲情。插页里的美丽风景，小说里的多难世道，在冰火两重天的镜像里冲突，爱恨交加，生死未卜，美丑纷呈，一次次发出灵魂的拷问：人要怎样才能高贵地行走在大地？我们要怎样才能珍爱自己拥有的美丽山河？！

培根说，集体的习惯，其力量更大于个人的习惯，因此，如果有一个有良好道德风气的社会环境，是最有利于培训好的社会公民的。书中的非洲世界，让我感到难过。天下大同，但愿天下苍生在阳光下生长。

有些人怀揣着梦想，有些人担负着使命，不期而遇奔向远方，踏上了那块异域大地，跌宕起伏的人生让人唏嘘落泪，但并不影响他们遵道而行，像一束光芒一直照亮在前行的道路上，"谦谦君子，卑以自牧"。

掩卷而思：泱泱中华，历史悠久，文明博大。"大邦者下流"，海纳百川，"文明因多样而交流，因交流而互鉴，因互鉴而发展"，各美其美、美人之美、美美与共；中国与非洲大陆的交流欣欣向荣，中非之间的友谊历久弥新；中华民族 5000 多年连绵不断的文明培育的民族精神，探索的中国道路，让我们身为中国人而自豪，人类命运共同体把世界不同的文明连接在一起，中国和非洲彼此同舟共济、守望相助；美好的"中国梦"承天时行，期待的"非洲梦"蓄势待发，我们紧紧握住了国家的根和魂，也紧握住了中非共赢的未来！

祝福你，非洲！祝福你，祖国！

是为序。

鞠 利

序言 2

架起民心相通的桥梁

　　尚金格创作的长篇小说《穿棉袄的非洲》要出版了，值得庆贺。尚金格在大学学习西班牙语，后转葡萄牙语专业。曾旅居安哥拉、莫桑比克、佛得角等非洲葡语国家近十年。2009年，他作为翻译被派往安哥拉。在那里，他结识了诸多小说家和诗人，开始了解安哥拉文学。他发现，中国与非洲葡语国家的文化交流几乎是空白，于是，放弃很多商机，毅然走上文学道路。经诗人孔塞伊绍·克里斯托旺先生介绍，他结识了作家雅辛多·德·莱莫斯，翻译了莱莫斯的扛鼎之作《玛本达老太太的魔毯》，这是安哥拉魔幻与写实题材小说的代表作。

　　在文学的道路上，他花了许多功夫。在翻译文学作品时，他遇到土著语言、非洲文化、风俗习惯、民众认知等难题。为了解决这些难题，他经常独自深入农村和贫民窟，与当地的民众同居住，了解和体验当地的真实生活。尚金格还主动向莫桑比克的米亚·科托、路易斯·翁瓦纳，安哥拉佩佩特拉、马努埃尔·鲁伊、佛得角的热尔马诺·阿尔梅达等非洲葡语文学大师求教，化解阅读中的疑问，了解他们作品中的关键点和精华。

　　他还与非洲当地人共同创办了昆达研究院，并担任研究院副院长；发起成立了安哥拉中国志愿者联盟暨侨社志愿者，自任秘书长，为华人同胞和当地的穷人做了许多善事。这些做法，促进了中非相互理解、合作与友谊，也为他的文学创作奠定了坚实的基础。

辛勤耕耘换来丰硕成果。尚金格已经翻译了十余部安哥拉、莫桑比克、佛得角等国的中短篇小说。2019 年，出版了他的第一本原创小说《行走在一张蓝色白纸上》。《穿棉袄的非洲》是他的最新作品。

中非关系源远流长，中国与非洲国家同属发展中国家，在追求国家独立、民族解放的艰苦斗争中，相互支持，结下了深厚友谊。2000 年 10 月中非合作论坛成立后，中非关系更是发展迅速。20 年间，双方贸易额增长了 20 倍，中国对非洲直接投资增长了 100 倍，中非合作已经成为南南合作的样板。中非合作体现在公众卫生、促进非洲农业发展、维和、推广汉语和中国文化、职业技能培训等众多领域，成效显著。

中非合作的成果，源于世代友好的历史传统和患难与共的特殊情感，源于深化合作、共同发展的现实需要，也源于加强国际协作、维护共同利益、推进构建人类命运共同体的重要使命。

与中非合作在以上领域的发展形成对照的是，双方间的文化交流还不够。以非洲为主题的文学创作太少，这与时代的要求很不相符。

近年来，一些西方媒体出于焦虑、偏见和嫉妒，无端指责中非合作，提出了掠夺资源论、援助方式有害论、漠视人权论、破坏环境论、新殖民主义论及债务陷阱等奇谈怪论。

他们不报道中国企业给当地民众带来多少就业机会，让当地民众增加多少收入，不报道中国企业为当地民众修路、建学校等公益活动，反而夸张甚至捏造当地人对中国企业及中国员工的不满。

西方媒体的不实宣传对非洲民众产生了不利影响。据2007年至2014年皮尤研究中心的全球态度调查结果显示，受访非洲九国的公众在五年间对于中国经济快速发展对本国发展有利的认知好感度逐步下降。即便是对中国经济增长好感度最高的肯尼亚，这一数据也从2007年的91%下降到2014年的80%。

需要有人把在非洲发生的事情如实地讲出来。小说《穿棉袄的非洲》起到了这样的作用。这部小说以南非黑人热脑袋为主角，串起了若干个在非洲这片热土上发生的一件件令人难忘的故事。

中国企业给非洲人带来了就业、赚钱的机会。小说一开始，便是企业招工的场面，当地村民乐意到企业做事，就连领到工作服和劳保鞋也是欢天喜地的，甚至要穿上漂亮的工作服见女朋友去。

中国人在非洲不吝行善。小说讲了这样一个故事，一个当地小女孩被汽车撞到，中国员工捐钱献血，挽救了小女孩的生命。在他人需要帮助时伸出援手，友情就建立起来了，中国人和中国企业就容易在当地生根了。

但是，由于非洲的生活空乏、无聊，"很多华人学会了骄奢淫逸、挥霍无度、纸醉金迷、追求虚荣的享乐生活""被拉进无尽的饭局、酒局、嫖局"，害了自己，也损害了中国人的形象。有的中国人与当地人生下孩子，然后弃养，"这些混血孩子与当地孩子长相不同而备受歧视，他们的日子不轻松"。个人的不检点不仅毁了自己，也损害了国家形象。

非洲人有他们的文化传统、价值观念和生活习惯，企业管理如果不考虑到这一点，就会引发冲突和矛盾。小说中描述了招工后不久的场景。对刚招聘到的非洲员工，中方的工头大摇其头，向作为翻译的"我"抱怨："招聘的当地人太笨、死脑筋，教一点学一点。总跑到树荫下偷懒，不服从我们的管理，没有办法和他们交流。"说话的语气充满鄙视。当地工人则是满脸茫然，对"我"抱怨："你们中国人都是工作狂，休息时间不让休息。总是冲着我们大喊大叫，没有办法和他们进行沟通，无缘无故冲我们发脾气，开玩笑的时候喜欢摸我们的头，还有那个叫'Zhang'的工头总是对我们打骂"。

俗话说，入乡随俗。在非洲闯荡，就要了解和适应非洲的特殊情况，不能急。要像小说里的"我"所说的："慢慢地相互了解、融合，教会非洲工人如何工作。中国人有中国人的方式，非洲人有非洲人的模式。"

对待非洲朋友，要多理解，多包容，要克服偏见和歧视，正如小说中所说的"一些人自己的手看不起自己的脚，现在更何况是外人的手和脚"。

既然到非洲闯荡，就应该尽可能地尊重当地人的传统、习惯和价值观，尊重与自己不一样的人。小说中的"我"主动走进当地人的生活，当地人遇到困难就帮上一把，碰到当地举办婚葬大事主动参加，民心相通就是要这样做实实在在的事。

在非洲创业，会遇到许多事先难以想象的困难，比如，有的人做事勤快、不认真，个别企业保安与盗匪相勾结，偷盗公司财物，这些情况，在书中都有描述。更过分的是，热脑袋的妻弟为了赖掉欠账，竟然找理由想结束姐夫的性命。这些描写，都是有现实生活为依据的。

可是，小说中的主要人物热脑袋同样取材于现实生活。他做事勤快，干起活来不分份内份外。打扫卫生、帮厨师摘菜洗菜，忙得不亦乐乎。到了下班时间，热脑袋依旧拿着水管冲洗院子和卫生间的地面。他"没有一天旷工。即使天空下着小雨，也会拿着大扫帚在院子里挥舞""自从他来到公司，卫生环境焕然一新"。

非洲在从传统社会向现代社会转变，在这过程中，人的习性也会改变。从闲散的生活方式转向适合工业社会的守时、勤快，是需要时间、需要办法的。非洲仍是充满希望的大陆。

文学作品应该反映时代风貌。中非关系在取得了重大发展的同时，也存在许多挑战。小说《穿棉袄的非洲》用讲故事的方式如实纪录下正在发生的事。它能让人更好地了解非洲的国家与人民，了解在那里打拼的中国人，有助于人们思考如何化解可能的误会、矛盾和冲突，寻找共处互利之道，让中非友谊健康发展。这样的创作，既及时，又重要，也是领风气之先。国之交在于民相亲，民相亲在于心相通。《穿棉袄的非洲》堪称是民心相通的桥梁。

相信不久的将来，会有更多以非洲为题材的优秀文学作品问世。

钱 镇

目 录
contents

1. 初识 / 001

2. 我叫热脑袋 / 008

3. 偶遇 / 017

4. 玛丽娅之死 / 041

5. 夺命的事故 / 065

6. 三个孩子 / 099

7. 小偷杰瑞与好员工皮特 / 133

8. 曾经的三个女人 / 149

9. 四人行 / 175

10. 穿棉袄的公交车 / 190

11. 王朝大业 / 221

12. 做个幽默的人 / 240

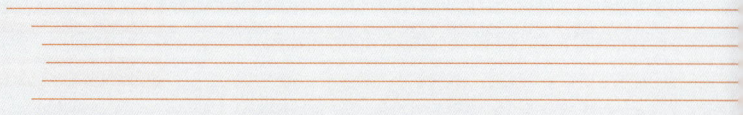

当我活着的时候，
会把发生的故事说给你听。
当死的时候，
我会把发生的一切讲给上帝听。

1

初 识

"招工了！招工了！中国人来村子里招工了！"

"走！咱们去看看咋样？"

"你们愿意到中国公司工作吗？"

"我，我愿意……"老老少少二三十人踊跃地站在我们面前。

"不愿意，我在家里打鱼、喝酒多安逸，为什么去那么烂的公司打工？"

"哼，妈的，我们才不去给别人打工。"几个脸上带着醉意的人围在一起大声议论着，每个人手里拿着一包用塑料袋装的"Best"牌子的廉价威士忌。

"我愿意去你们公司上班，让我去吧！"

"我也愿意。"

"我也去。"

"嘿！朋友，让我们去你们公司打工吧。"

围在我们面前的人们，身上穿着已经分辨不出颜色、破洞的T恤衫，有人穿着用铁丝绑扎的人字拖鞋，还有一些年轻人穿着露脚趾头的运动鞋。

"只有你们额头上流下汗水，才能获得美味的面包。去他们公司上班天天有饭吃，还能挣钱！"正在说话的人名叫东卡，是这里的村长。他住的房子是村子最大，也是唯一使用水泥砖建造。见过他的人都会对他过目不忘，并不是因为他的富有和帅气的外表，而是这个五十多岁的老头仅有一只手。曾听说在非洲有偷盗会被剁手的风俗。东卡村长为人随和说话风趣幽默，怎么会被砍手？难道真的是因为偷盗被抓才被剁手吗？

"即使是一片用努力换来的面包皮也比一桌受人施舍的饕餮盛宴更加珍贵。你们到那里打工，一定要老老实实干活，不要给村子丢人。如果你们谁敢出去给我招惹麻烦，你们家里的田地全部没收充公。"东卡村长坐在摇椅上指着年轻人的鼻子说。

东卡村长的话音刚落地，人群又出现骚乱，他们相互拥挤地站在我们面前，在混乱中排成一个扭曲的队伍。三个人上下打量着眼前的几十个当地人，每个人眼中都充满对生活和金钱的渴望，同时，每个人眼中透着对我们陌生的距离感。

看着他们既憧憬又疑惑的眼神，我笑着说："大家好，如果你们想到我们公司上班，请把你们的名字写下来。我们是一家建筑公司，从事的大多是体力工作，所以，需要年轻力壮的人，年纪大的人可能不适合从事这项工作。"

话音刚落地，几个头发花白的老者失落地离开队伍坐在一旁地上。正当我对老者们的失落感到惋惜时，一个衣着邋遢裤子拉链大敞的中年男人手里拿着一袋威士忌一边喝一边大声说："你们要干苦力活的人，那种工作怎么能适合我这样的人，苦力活我干不了，只能坐办公室喝酒。"听到他的话，我和同事们苦笑了一声。

"曾经我也是村子里富有的人，在我们国家最大的农场里当过领导，我可不去建筑工地搬砖、运沙子。"他说话的时候动作夸张，一只手指着天，另一只手抓着快要掉下来的裤腰带。一袋威士忌下肚，他走路的样子更像是舞台上的小丑。

东卡村长看着醉汉双目圆睁说："不要给我们村子丢脸，如果你是富有的人，谁是村子最穷的懒汉？"说着，东卡看一眼人群中一名五十

多岁，头发微卷，身高一米六左右的矮个男人。

东卡又转回头看着醉汉说："在你眼中我们国家最大的农场，难道就是咱们村口的香蕉园？因为你好吃懒做，贪污国家财物，才使得村子里唯一的经济作物企业关门倒闭。"

东卡村长起身走到醉汉面前指着他的鼻子说："懒惰是每个人骨子里的虫，如果不管好内心的懒惰虫便会成为废人。"

"在你眼里我是废人，可我每天都有酒喝，可不像有些人天生的命苦！"说完，醉汉又看了一眼队伍中的卷发男子。卷发男子默不作声安静地在人群中等待我们挑选，其他人却推推搡搡在焦急地大声喊叫。

"你们到我们公司上班，需要注意几点：公司工资发放是日薪；没有周六、周日；不过，我们会支付加班费。"我身边的同事李涛大声喊道。

听到李涛的话刚刚沸腾的人群立即陷入死一般的宁静，只有卷发男抬着头看着我们。片刻后，人们相互之间窃窃私语。

"他们支付日工资，你要不要去？"

"英国人、德国人支付月工资，不像他们按日发工资。我可不去他们那里。"

"对，我也不去，工地上的体力活很辛苦！……"

另一群人也在小声讨论："如果你去的话，我就跟着去。"

"我去，挣日工资总比在家里啃木薯好百倍。"

"好，挣一天钱算一天。"

十几分钟过后，人们依旧在不停讨论。聪明的讨论让问题变得顺畅，愚蠢的议论却让问题变成死结。

身边的同事失去耐心，刚要开口向他们喊话时卷发男走到我们面前说："您好，我愿意去你们公司工作，请你们雇佣我。"

　　"不好意思，你的年纪有些大，我们公司从事的都是重体力活，你瘦小的身体吃不消，还是在家里务农吧。"

　　"请你雇佣我，我会努力工作。请你雇佣我……我不得不继续工作，我不是一生下来就是富贵命。"他说话的样子十分肯定，流露出坚毅的眼神。

　　一旁的醉汉喝着酒，一步三晃地走到卷发男面前说："团长大人，他不要你我要你，每天跟我去河里捕鱼，有鱼有酒生活多美好！"

　　"我需要这份工作，更需要钱。"说着，他又转过身对着我们说："请你们雇佣我，我做什么都行。你们觉得我年纪大，我可以打扫庭院，我需要一份工作。"

　　我和同事们没有说话，不过，我们已经达成一致意见："好！你可以当个保洁员。"

　　"谢谢！谢谢你们，我一定会好好工作！"

　　"等等等！！！我也要去打工……我也要……"看到卷发男子被选中之后，他们纷纷像饿狼一样又开始推推搡搡地排起队。当时的场面很混乱，他们之间你推我挡。

　　"你、你、你、你……上车。"李涛笑着站在一旁用手一一指着他们。被点到的人兴高采烈地跳上车尾写着"GREAT WALL"的皮卡车，十几个人拥挤地坐在车斗里。

　　同事老严对他们大喊道："你们回家拿行李！"车子上的工人听到他的话一头雾水。这时，老严意识到自己在用中文和他们讲话，看到工

人们一脸懵逼的样子禁不住笑起来。

工人们明白老严的话后不住地摇头，并相互看着对方笑着说："我们身上的衣服便是全部的家当。"

经过四十分钟颠簸的车程返回公司驻地，一个个鱼跃般跳下车。老严讲着蹩脚的英语让他们排成一队，开始为他们登记姓名并发放工作服。

"你叫什么名字？"

"利卡……"

"全名？"

"利卡·索伦。"

工人们排队等待着领取劳保用品，领到工作服和劳保鞋的人个个美滋滋，相互交头接耳聊着手中漂亮的工作服和劳保鞋。

"俺要穿着漂亮的工作服去见女朋友玛丽娅，这是我人生中第一次穿工作服。"

"鞋子也很漂亮，我穿着它到集市溜达一圈，让那些曾经瞧不起我的女孩子们对我刮目相看。"两个年轻的小伙子大声说着。

最后领取工作服的是卷发男。

"你叫什么名字？"

"热脑袋！！！"他回答道。

我走到他面前再一次问道："你叫什么名字？"

"热脑袋……"

我做梦也没想到自己会在非洲的大地上。这便是我抵达非洲后，第一次外出招工。我们三人驾驶皮卡车沿着大路直行，然后，经过一段爬坡的山路抵达这个坐落在山坡上的小村子。

杂草、荒山、茅草屋和一群衣衫褴褛的男女，还有头顶晒得人发晕的太阳。村子坐落在一座山坡上，四处都长满猴面包树和仙人掌。进村子时经过一条小河和一个农场，村口停放的十来台仅剩铁架的拖拉机向我们诉说农场曾经的辉煌。河道里爬满了密密麻麻的小螃蟹，河边生长着数不清的甘蔗和芦苇，还有一片片没人打理的红薯和不需要管理的木薯。

我叫"热脑袋"

"对不起，我叫热脑袋。"卷发男一脸严肃地看着我。

听到他的名字，我微笑着说："我需要你的真实名字，响亮的绰号可不算！"

"这不是绰号更不是代号，我的名字是热脑袋。"他一脸严肃地说。

"这样叫你很不礼貌，所以，我需要知道真名。"我再次对他说。

一旁正在讨论衣服的工人听到我们的对话，走到卷发男身边莫名的大笑，边笑边用手指着他说："他是村子里鼎鼎大名的人物，以前，他是本地最有……"

"闭嘴！不要再说了。"突然，卷发男怒吼一声。原本笑嘻嘻的几个年轻人看到愤怒的热脑袋急忙闭上嘴巴，不时用余光偷偷地看着他。

"这是我自己的生活，即使它充满难以预料的坎坷，也没有人可以涂改我的生活。我的名字叫热脑袋。"说完，他便领取工装回到人群中。

★ ★ ★

非洲的生活空乏、无聊，却让人们学会慎独自律，修己安人。更让很多华人学会了骄奢淫逸、挥霍无度、纸醉金迷、追求虚荣的享乐生活。在陌生的社会中，一种名叫关系网的东西，把老乡、校友短时间内促成一家人。

第二天，老严为新招聘来的十几名工人分配工作，他们对身边陌生的环境和我们感到拘谨。一天过后，工头开始向我抱怨说："招聘的当地工人太笨、死脑筋，教一点学一点。总跑到树荫下偷懒，不服从我们的管理，没有办法和他们交流。"几个中国的工头一边抱怨一边看着身边当地工人，脸上不时露出不知所谓的笑容。工头说话的语气里充满鄙视，甚至是一种歧视。一些人自己的手，看不起自己的脚，现在更何况是外人的手和脚。对于工头们反映的问题，唯一的解决途径便是慢慢地相互了解、融合，更重要的是教会他们如何工作。中国人有中国人的方式，非洲人有非洲人的模式。

中国工头向我反映问题过后，几个当地工人满脸茫然地走到我面前对我说："你们中国人都是工作狂，休息时间不让休息。总是冲着我们大喊大叫，没有办法和他们进行沟通，无缘无故冲我们发脾气。开玩笑的时候喜欢摸我们的头，还有那个叫'Zhang'的工头总是对我们打骂。"

　　对于他们的抱怨，我只能用答复工头的话再次重复回答他们一遍。在他们中间我没有看到热脑袋，也许，他已经自行回家，劳累的体力工作并不适合他。转身看到几个同事在屋外边抽烟边说笑。抽完烟之后，随手把烟头扔在地上。这时，一个人急忙跑过来把地上的四五个烟头捡起来。看到他捡烟头的样子，其他同事下意识把烟头放在一旁的烟灰缸里。

　　"嘿！你赶紧把院子打扫干净。"一位同事满脸严肃地看着捡拾烟头的当地工人。

　　"好的，领导，我马上来扫！"说话的人低着头打扫地上的垃圾。无意中发现扫地的人正在卷发男热脑袋。

　　刚刚把手中烟头扔在地上的胖同事笑着问我："他叫什么名字？"

　　"热脑袋，他……"我的话刚刚出口，身边便响起几个人疯狂的笑声。

　　"这是他的真实名字吗？这一定是他的绰号，不可能有这样的名字。"

　　"我知道这是他的绰号，可是，询问真实名字他却一直不愿意说。问他们要身份证做登记时，却都拿出选民证。选民证上的名字也模糊不清。"我解释说。

一旁对非洲深度了解的同事说："你们知道为什么他们没有身份证，却有选民证吗？"

大家摇头。

"非洲大陆在追求西方一人一票选举的民主，因此，政府为争取投票权给所有的人快速办理了选民证，在举行总统选举时让他们投票。政治在向西方靠拢，百姓的生活质量却一天天距离西方的水平越来越远。"

★　★　★

生活在生存中累积点滴，点滴却在生活中消散。从那天起，热脑袋开始在公司忙碌打扫，同时帮厨师摘菜洗菜。每天下午下班时间，大家都去吃晚饭，热脑袋却依旧拿着水管在冲洗院子和卫生间的地面。自从他来到公司，卫生环境焕然一新。国外枯燥的生活，让那些用一两个小时看两只狗交配的闲人们，又多了一个话题："热脑袋"。

公司的男同事总是用蹩脚的英语和他开玩笑，说话时不停的打打闹闹。好心的女士们时不时给他一些零食，过节的时候还会把自己不穿的衣服送给他，让他带回家里给孩子们。无论是谁，勤劳工作的人都会给自己带来认同感，公司同事们都喜欢他工作认真，公司的领导也对他大加赞扬。不久之后，他便成为公司所有当地员工学习的榜样。外出办事采购时，会经常带上他。惊奇地发现他居然对南非的文化、历史、风俗了解得非常详细，而且，书写能力非常强。在这里能够像他一样写作的人并不多，更何况是一个负责打扫卫生的老头。随后的日子里，他经常跟我一起外出，我们的聊天话题也多起来。说起孩子们，他总是津津乐道，幸福的感觉溢满脸颊。

有一天，我接到东卡村长打来的电话，说村子里很多年轻人也想到公司工作，希望有其他公司到他们村子里招工。最后，他补充说："你帮我转告热脑袋，他的妻子说让他回家看看。"

随后，需要当地工人的公司前往东卡的村子招工，安排热脑袋坐公司的车子一起回家看看。他却说："没关系，刚刚离家才三个月，现在还不想回去。"热脑袋说话时脸上表现得无所谓，语气中却写满不舍和牵挂。

自从，这个名叫热脑袋的南非人到我们公司上班，没有一天旷工。即使天空下着小雨，他也会拿着扫把在院子里挥舞，直到老严让他回宿舍休息，他才会放下手中唯一能够挣钱的工具。在这个发放日工资的企业，他把每一天都当作工资的一部分，不愿意失去挣钱的机会。

他坚持留下来，我也没有继续强求。工作在生活中前行，生活在时光中消失。一个月后，我再次收到村长东卡的手机信息：你好，朋友，热脑袋的妻子身体不好，请你转告他回家看看。我的手机没有电话费只能发信息。看到信息后，我通知老严安排热脑袋回家。不料，老严忘记我安排的事情，我也忘记催促他。再次看到东卡的信息已是一个月后，我要求他马上回家，告诉他妻子的身体很差劲，需要他的照顾。

热脑袋扶着身边的木瓜树许久没有说话，突然，他自言自语地说："好冷，我想穿上一件棉袄。"他转身对我说，感谢半年里对他的照顾，他会一直记得我。

非洲炎热的夏天，他却觉得身体寒冷，还要穿一件棉袄。看着眼前的小老头，我安慰他回家照顾妻子，公司的大门一直为他敞开。

"大家都叫我热脑袋，您能告诉我你的名字吗？"

"刘开，我叫刘开。别担心，即使你不知道我的名字，这个公司也需要你这样优秀的员工。"我拍着他的肩膀说。

空旷的院子只有我和他，没有人为他送行也没有人安慰他，他独自默默地离开公司大院。

★　★　★

焦虑的生活像太阳一样正常升起又落下。某天上午，领导把我叫到他的办公室："公司的卫生状况很差，你去查一下原因。"

"之前，打扫卫生的热脑袋回家探亲。现在，一个年轻小伙子在打扫卫生。"

领导抽着烟说："他什么时候回来？你打电话问一下，我们公司需要那样的好员工。"

领导的话一出口，我才意识到热脑袋回家已经两个月了。公司的公共卫生间又回到以前脏乱差。第二天，李涛和我驾车再次前往曾经去过的小山村。把车子停在村子的大路边，本想遇到当地人可以询问到热脑袋的家，可是，走了很长时间却没见一个人影。我们朝着半山腰继续走，没走多远听到嘈杂的音乐声。

两个人顺着音乐声走过去，看到很多村民聚在一起载歌载舞。听着巴图克木鼓强烈地音乐节奏，来到人群聚集处。大家在疯狂地跳舞，在音乐和酒精的刺激下男男女女不停地扭动着身体。一个衣着破烂的老者穿着一条露屁股的裤子，裤子原本的颜色已经分辨不出，腰间系着的绳子拖拉在地上。他一边跳舞一边用铝制的杯子喝着椰子酒，头上戴着一顶不知什么官职的大檐帽。看着欢快的人群，我们被活跃的气氛带动，融入到他们的活动中。从人群中跑过来一位中年妇女，她笑脸相迎来到我们面前说："欢迎你们参加我儿子的婚礼。"

　　原来这是一个婚礼现场，没有城市里婚礼的奢华和浪漫，更多是村民之间快乐的舞蹈和祝福。一盏茶的时间人群变得兴奋起来，一名男子和一个怀中抱着孩子的女人从屋子里走出来。他们走出房门时，人们朝着他们撒大米和彩纸制作的花朵。一对新人走在人群中接受在场所有人

的祝福，欢笑声把整个村子和小山笼罩起来。笑声犹如灿烂的阳光，驱赶走寒冷的冬天。

一位身穿白色大褂的神父站在新人面前主持仪式。他看着新人说："婚礼是世上最普通的事情，也是最神圣的洗礼。今天，你们在耶稣和圣母玛丽娅的见证下成为夫妻，神和众人都会祝福你们。"

神父把双手分别放在两个人头顶，他看着在场的所有人说："世俗的婚姻是对肉体的束缚，宗教的婚姻则是对灵魂的禁锢。希望你们夫妇二人在神灵的见证下相互照顾恩爱一生。"

在众人的欢呼声和热烈的掌声中，大家见证新人长达一分钟的热吻。我没有看到新人的样貌，新郎身上穿着条纹西服，仿佛让我想起些什么。新娘的装扮格外的普通，没有白色婚纱和耀眼的珠光，只有一脸朴实幸福的微笑。结婚仪式之后，两位新人招呼大家吃饭喝酒，桌上摆放着香蕉、炒花生米、烤木薯干、大米饭，还有一盆番茄牛肉。几个摆放整齐的大瓶子格外显眼，里面装着用玉米、椰子、菠萝制成的发酵酒。年幼的孩子们围着餐桌来回打转，高兴地吃着花生糖和木薯干。

"Liu，你好，没想到你会到这里。"一个人大声喊叫着跑到我的面前，还没有等我反应过来便抱住我。他用力抱着我，让我有些喘不上气。一旁的李涛大笑着用力拍着他的肩膀。我挣脱后发现新郎是公司之前招聘的一位工人名叫约翰，他已经一个月没有到公司上班。我们两人地到来，让他感到惊喜意外。

"刘，李，你们怎么知道我今天结婚？"约翰不解地问。

我们两个人尴尬地看着对方，不过，脑筋十分灵活的李涛笑着对他说："我们知道你今天结婚特地来祝贺。"可是，话说出口我们才发现自己两手空空没有带任何礼品。我下意识从裤子口袋里掏出仅有的五百兰特递给他，作为礼金送给小夫妻。约翰没有接过我手中的钱，有些拘谨地说："谢谢你，我不能收你的钱。"约翰说完转身把妻子喊过来，一位身体微胖抱着孩子的女人走过来。

"老婆，这是我公司的Liu和Li，他们对我们像家人一样，不像其他人对我们大吼大叫，有时，还骂我们是蠢货。"

约翰的妻子急忙把孩子放在地上，左手放在右手的手腕上和我们两人一一握手。看着他们年幼的孩子，我把五百兰特放在孩子的衣服口袋里。

正在聊天时，人们把屋子里崭新的电视机（唯一的电器）、家具、锅碗瓢盆一件件从里面拿出来。每件物品从屋子里拿出来时，在场的人们都会齐声欢呼。后来，才知道这样做是为展示这户人家生活富足。

约翰的妻子双手举向天空高声说："谢谢你们雇佣约翰，让他有工作挣钱养家。自从他上班后像变了个人，不再喝酒、抽烟、坐在树下聊大天。现在我们的日子蒸蒸日上。"约翰听到妻子的话，低下头紧紧地抓住妻子的手说："以前我们穷，现在挣到钱，决定补办婚礼。人家说幸福的回忆让女人更美丽，我也要给她美好的回忆。"

随后，夫妇二人请我们来到人群一起跳舞。在人群中我搜索着热脑袋，却没有看到他的影子。音乐停止后，人们围着桌子享用食物。不大一会儿，桌子上空空如也。看大家在享用食物，我向约翰询问热脑袋。他却没有回答我，而是把我拉到一旁僻静的地方："热脑袋犯事了，他杀死了自己的妻子玛丽娅……"

3

偶　遇

　　"热脑袋杀死他的妻子玛丽娅……"约翰小声说道，随后，看看身边无人，他又接着说："他被绑在半山腰的霸王树上，你千万不要去，那里日夜有人看守。傍晚，我妻子会给两名看守送饭。"说话时，他手指向半山腰。"明天是星期六，村子里召开大会对热脑袋犯下的罪行公开审判。镇里的官员们、村民们都会前来参加审判大会。"突然，人群中有人大喊约翰的名字，他和妻子回到屋内。我让李涛在约翰家里等着，独自朝着半山腰走去。

　　不大一会儿，在半山腰看到一棵五六米高的霸王树。脸色惨白的热脑袋被捆绑在大树杆上，旁边的两名看守一边大声交谈，一边喝着摆在地上的玉米发酵酒。他们全身散发着酒味，走起路来晃来晃去。

　　"热脑袋，真该死！以前，他把村子里的人坑苦了，现在又杀死自己的妻子。"看守说。

　　另一个看守摇摇晃晃地走到热脑袋身边吐一口口水说："混账东西，你还以为自己是以前的大军阀，想杀谁就杀谁的年代吗？我姐姐被你杀死，明天审判大会上我一定把你活活打死，你这个畜生不如的东西。"

"巴里，你姐夫的所作所为让人咋舌，自己的妻子都能杀……"

"他以为自己还生活在八十年代，明天，我要让他下地狱。"名叫巴里的看守说道。

思虑许久，我壮着胆慢慢地走到他们面前，面带微笑地和他们问候："你们好吗？我是刘开……"

"感谢上帝！我们都还不错，东卡村长曾经说起过你，你在这里招募很多工人。"

我急忙点头回应，无意和两个醉汉交谈的我转身看着热脑袋。这时，发现热脑袋一旁的地上躺着两个六七岁的孩子。他们的身上全是泥土，眼睛红肿脸颊上落满泪痕。孩子们身上的衣服已经破破烂烂。为了能和热脑袋说几句话，我从口袋里掏出一根烟，递给两个醉醺醺的看守说："抽根外国香烟。"两个人嘴上不说话，双手主动地接过一包香烟。香烟被他们五五分账，塞进自己口袋。抽烟、喝酒、聊天是这里很多男人经常做，最喜欢做的事情。

"嘿！你们都是我的好兄弟，我们是一家人。不过，你们的香烟没有劲道，不像我们本地的卷烟，一口烟恨不得把人的灵魂勾出来。"

"是，你说得对。"我敷衍地说。

"巴里，我能和热脑袋聊一会儿吗？我找他有些事情要处理。"

"原则上，你不能和他说话，你找那个狗东西做什么？"巴里恶狠狠地看着他。

看着他憎恨热脑袋的样子，我故意大声说："他欠我很多钱没有还……我要教训他一顿。"

"太棒了！原来是债主上门，你狠狠地揍他，我就当没有看见。他出现在这真是让我浑身难受，恨不得马上砍死他。"

　　上身赤裸的热脑袋被捆绑在树干上，突出的荆棘扎破他的皮肤，后背和手臂上已经血肉模糊。有些伤口开始生痂，却又被树上的尖刺刺破变成新伤口。胸前和腿部留下被人殴打的痕迹，胸口的几个鞋掌印格外明显，额头和脸颊也残留血污和泥土。绑在树上的热脑袋低头不语，我大声叫着他的名字，他没有任何反应。

　　"巴里，你姐夫是不是死了？"我问名叫巴里的看守。

　　"该死的货仅仅被绑5天，这样死掉太便宜他。"

　　"如果今天他死掉了，明天怎么开会对他公审，你怎么谴责凌辱他。"

　　巴里和另一个看守交头接耳谈论起来。

　　"你们拿些水给他喝，他死了，你们便没有机会继续折磨他。"我假装仇恨热脑袋说。

　　"没错，不能让他轻易死掉。不过，也不能让他太好受。"巴里露出凶恶的眼神。

　　酒精已经麻痹看守的神经，端着一碗水一步三晃地走过来。走到热脑袋身边时，碗中的水仅剩下一点点，准备给热脑袋喂水时，突然，巴里把碗抢走重重地摔在地上。他高声对热脑袋一顿不堪入耳的咒骂，同时，朝着热脑袋拳打脚踢。

　　"我来给他水喝。"巴里从地上端起一碗玉米酒，喝一大口朝着热脑袋的脸上喷去。脸上被洒满酒水的热脑袋慢慢地睁开眼睛，他眯缝着眼睛看着眼前的一切。看到孩子时，他的脸上流露出苦涩，目光停留在我和两个看守身上时却没有任何表情。

"热脑袋，这是怎么了？"我问道。

他苦笑着摇摇头，又转身看着一旁哭泣的孩子。嗓音沙哑的他，想要跟孩子说些什么，我走到两个瘦骨嶙峋的孩子身边，看着他们脸上的泪珠，内心无比难过。本想从口袋里拿些钱给他们，手插进口袋时才发现身无分文。听到孩子的哭声，心中仿佛有块石头重重地压在胸口。我抚摸着孩子们的头，看着热脑袋转身离开。

刚刚走出几步，听到热脑袋用沙哑的声音喊道："刘，明天来……"

★ ★ ★

第二天早上七点，我从床上爬起来蹑手蹑脚洗脸刷牙，尽量不吵到同一屋檐下的哥们儿和隔壁的同事。带上一些吃的、喝的、被褥，还有几件衣服朝着热脑袋所在村子驶去。昨晚，喝得酩酊大醉的同事们在憨憨大睡，酒精让这些独自身在海外的男人们变得麻木，他们被拉进无尽的饭局、酒局、嫖局，甚至倾其所有的赌局。成功的海外男人需要耐得住寂寞，在坚定的信念中寻找渴望已久的成功。

车子离开公司驻地，刚刚开上泥土路就看到一位老太太，怀中抱着孩子焦急地站在路边大声地哭喊着什么。车子经过她时，她不顾危险冲到路中间挡在我的车子前面大声喊道：

"上帝啊，我孙女被汽车撞到，求求你帮我把她送到医院。上帝啊，那个该死的东西撞到孩子就逃跑了。"她说的时候气喘吁吁。

老太太怀中的孩子双手双脚自然下垂，没有任何的反应。原本车水马龙的路段，在那天早上却出奇的安静，没有看到任何车辆的影子。我急忙推开车门让老太太上车，开往距离最近的医院。在车上，老太太一直与小孙女说话，孩子没有任何的回应。土路上布满了大大小小的坑和石头，我用最快的速度朝着附近的医院行驶。那天，我从未感觉时间过得如此缓慢，车子也仿佛像乌龟一样前行。十几分钟后，在老妇人地指引下我们抵达医院，没等车子停稳老妇人便打开车门抱着小孙女冲进医院。

看到老妇人消失在医院门口，我正准备离开。在我检查车内状况时，无意间看到后排座椅上放着一个黑色塑料袋，打开袋子发现里面装着孩子的衣服和几张十块面额的钱币和几个硬币。拿起黑色袋子跑进医院，刚刚到门口便看到老太太正在全身上下翻找什么，小孙女孤零零地躺在医院的木头长凳上，一旁的医护人员不耐烦地催促老太太交费。老太太看到我手中的塑料袋把双手举向空中说："圣母玛丽娅！感谢上帝！感谢你。"

老太太去支付挂号费，一个医生走过来为小女孩诊断。她把塑料袋子里所有的钱放在柜台上迅速清点，医生不耐烦地对她说："医疗费不够，赶快让家人拿钱过来。"

老太婆陷入沉默，绝望地看着柜台上的一堆零钱，又回头看看躺在长椅上的小孙女破涕而哭，她边哭边亲吻着孩子的额头。

"老太太，这里是私人诊所，没有钱可不给你家孩子看病，不是那种预约挂号等上几个星期的公立医院。你赶紧给家人打电话，让他们带钱过来。急诊费、药费、材料费共计是一百一十兰特，你这里只有五十五兰特，赶紧想办法凑钱。不然，医院立即停止给你孙女诊治。"

"好……好……好"老太婆满口答应，眼睛里却充满了绝望。她脚步沉重地走到医院门外，一屁股坐在门口台阶上。在病魔面前，金钱的缺失，让她成为没有灵魂的躯壳。看她眼中透出的绝望，我走到老太太面前说："别担心，小孙女一定会好起来！"随后，从口袋里拿出一张一百兰特的纸币递给她。看到我手中的钱她并没有接，而是直勾勾看着我。

"谢谢你，中国朋友。你开车带我们来医院已经帮很多忙。我一定要找到那个撞倒我孙女的黑心司机，他为什么撞倒孩子要逃跑？难道在他们眼里孩子的生命还不如他的车子吗？"

"老太太，拿着钱，惩罚凶手是以后的事情。现在，孩子还等钱治病。"她回头看着长椅上的小孙女，双手颤抖着接过一百块钱。

"谢谢你，我会把钱还给你。"

"在这个世界上只要愿意帮助有困难的人，每个人都可以有所作为收获幸福。快回去照顾小孙女吧。"

★ ★ ★

如果你不懂得金钱的价值，那么总有一天，你会沦为金钱的奴隶。老太太拿着钱大步奔跑交给医院。我正准备走出医院门口时，突然，一辆救护车从外面飞驰而来。医生打开救护车门，抬下担架飞速往抢救室跑去，他们边跑边大声喊叫："让开，让开，有人中枪。快让开……"

听到医生的喊声，原本拥挤的走廊里，病人和病人家属们都主动让出一条救生通道。"有人中枪"这句话喊出来，很多人交头接耳聊起来。大家惊奇地看着担架上的病人，一些站在后排的人点着脚尖，伸着脖子往里看。一些原本在医院门口聊天的人也跟着医生跑进来。刚刚发

生的意外，人群拥挤、相互议论，简直成了现实版的话剧现场。大家高声议论着中枪的病人，想到热脑袋我径直走向医院大门。正在这时，一个人喊到："中国人被强盗打劫，身中五枪全身都是血……"

　　在非洲看到、听到中国人已经是常事，不过，在医院听到中国人中枪时，我下意识转回身跟着医生跑过去。透过人群看到一个年龄五十岁左右的男子满身是血躺在担架上。很多人站在医院的各个角落议论着这个与自己毫无关系的中国人。

　　"听说，昨天晚上他在自己家里被几个强盗抢劫，身上中好几枪。"一个年轻人说道。

　　"我们这里的治安越来越差，现在不单晚上不敢出门，就是大白天出门都要小心谨慎。前几天，住在市区的表哥出门上班，刚刚打开大门就被几个土匪抢劫。他的大腿上被劫匪砍了两刀，现在还躺在家里，他妻子只能到街上卖干鱼赚钱养家。"

"是啊，上个月的某天晚上，我的女邻居去参加一个朋友的婚礼招待会，回家的时候被土匪抢劫，身上财物被洗劫一空，还被几个土匪强暴。直到现在她的神智还不清，整天光着身子满街跑。"

"哎，不知道我们的警察都在干什么，总是找那些小贩的麻烦，难道小贩会影响社会治安吗？"几个年轻人聚在一起高谈阔论着。

突然，一个身后背着一个孩子，两只手各牵着一个孩子的女人痛哭着跑进医院。

"我丈夫在哪里？我丈夫……呜呜呜……"一位年龄三十岁左右的当地女人哭着跑进了医院。

"他叫什么名字？"护士问道。

"Jia Fugui……"她用非常蹩脚的语音说出这个名字。

"什么？"女护士一头雾水地问道。

"Jia Fugui，他是中国人。"

听到中国人三个字，女护士方才恍然大悟："他刚刚被推进急救室，你在外面等一会儿。"

女人带着三个孩子焦急地站在抢救室外，怀抱里的孩子不停地哭闹，另外两个十岁左右的孩子也不停地喊爸爸。

"呜呜呜……我要爸爸，我想爸爸……"稍大的孩子哭着用中文说。

一旁的当地人不明白小男孩在说什么，只是围在一起看着眼前的母子三人。

"嘿，她丈夫是中国人。"

"她们真可怜。"人们纷纷议论。

两个小男孩越哭越伤心，禁不住坐在地上大声叫爸爸，并不时拍打着抢救室的房门。一旁的几个人急忙把他们拉到走廊的另一侧，但是，孩子们依旧不停地哭喊着找爸爸。他们口中说着一大串当地人听不懂的中文。

　　"别哭了，你们爸爸会没事的。"一位老太太急忙抱住两个孩子，她正是刚刚送自己小孙女来医院的老妇人。

　　两个孩子用中文跟老太太说些什么，听不懂中国话的她只是不停地点头。一旁孩子的母亲神情呆滞、表情沮丧地抱着怀中的孩子。两个小男孩跪倒在老太太的怀中依旧哭泣，她抚摸着两个孩子的头，安慰着他们悲伤的情绪。

　　这时，一个医生从抢救室走出来，孩子们看到他经过紧紧地抱住他的腿说："救救我爸爸，救救爸爸。"

　　孩子满口的中文让医生不知所措，想要挣脱他们。可是，他越想挣脱两个孩子却抱得越紧。

　　"你们快放开我，我要给中国医生打电话，让他们给你父亲做手术，快放开我……"医生焦急地说。

　　两个孩子依旧抱着医生的腿，看到这一幕，已经走到医院门口的我急忙冲到孩子身边用中文说：

　　"赶快放开医生，他要给你爸爸治病。"听到我的话，两个孩子松开医生的腿。随后，医生跑回办公室联系在省总医院的中国医疗队的医生们。我和老太太把两个孩子带到他们母亲的身边。三个孩子是中非混血儿，眼神、眉角都流露出亚洲人的神情，只是头发微卷，皮肤略显褐色。

医生走到我面前说："请你到抢救室来帮助我们……病人现在还有意识，你要不停和他说话，中国医疗队的医生马上到。"

没等我反应过来，便被医生拉进急救室，走进急救室我被眼前的一切惊呆了。病人身上的衣服已经被鲜血浸透，裤子上留着子弹穿进身体时的弹孔。

"你一直和他说话，不要让他睡觉。"医生神情焦虑地对我说。

"你说什么……？"被眼前场景吓蒙的我，完全听不懂医生的话。

"和他聊天，吸引他的注意力。"医生重复说。

看着面前受伤的同胞，我突然失声说不出话。不知道是被眼前满身血渍的身体吓破胆，还是无法承受同胞被土匪开枪抢劫。我努力让自己说话，可是，越想说话却越发不出声音，无助的我只能用手语和医生比划。看到我的样子，医生脸上露出不屑的表情，另一个医生则发出嘲笑声。无法帮助医生的我，只能转身离开病房。我刚要转身离开，一个人突然拉住我的手，无意中发现一只血淋淋的手紧紧地抓住我，躺在病床上的病人双目紧闭，一只手却攥着我的手腕。

"别紧张！咱们的医生马上到，他们一定救你。"我脱口而出。

"你告诉病人不要紧张，我们会竭尽全力救助他。"医生说。我立即把医生的话转述给他，并和他不停地聊天。原本不会聊天的我，想要找个话题变得更加的困难。我在心中默默地想自己要说什么。许久之后，我问道：你叫什么名字？是哪里人？怎么找到你的家人和朋友？"

病床上的病人没有任何反应，一直紧闭双眼。一旁的医生用力拍打着病人的脸颊说："中国人……醒醒……中国人……"

被拍打脸颊的病人慢慢地恢复一些意识，我急忙又把刚刚说过的话一字不差重复一遍。在这里的我像一台没有灵魂的翻译机器，大脑被面前的一切凝固。

"我叫贾富贵……我……"我急忙点头回应。

"我是……人。"

我们两个人断断续续地说着话，说的什么我却回想不起来，但是，当时的场景依旧历历在目。半个小时候后，医疗队外科张医生和内科王医生赶到急救室。他们抵达后立即把贾富贵身上的衣服用剪刀全部剪掉，去掉所有衣服之后身上的弹孔清晰可见。两个弹孔贯穿了整个大腿，腹部和肩膀也各有一个弹孔，血液已经凝固在身体上。

医生看到我问道："病人叫什么名字？"说着，他扒着眼皮发现病人瞳孔已经放大。

"贾富贵，五十二岁。"我回答说。

两位医生娴熟地处理病人身上的伤口，手术刀和手术剪在老贾的身上不停翻飞。我急忙躲开站在急救室的门口，期间听到五次子弹落在铁盘上的声音，却未听到病人的哀嚎。在取出病人子弹时，张医生不停做心肺复苏，当地医生在一旁做助理。两位当地医生观察病人的状态不住地摇头，眼神中留露出遗憾和失望。

起初能说出几个字的贾富贵，已经没有任何反应，帮不上忙的我走出急救室。打开急救室门看到门外站满人，大家不停地议论发生在贾富贵身上的事情。人群中三个孩子长着一副东方人的面孔显得格外特别，孩子们全身小麦色的皮肤，大大的眼睛和卷卷的头发。几个年轻人站在门外谈论病人的事情，他们是贾富贵公司的工人。其中一个年轻人看见我，急忙凑上前问道："老老老……老贾，怎么样啊？"年轻小伙子用蹩脚的中文问道。

"医生正在抢救。"我回答说。

听到我的回答，几个年轻人又开始议论起来，个头不高的小伙子双手放在胸口说："上帝保佑老贾，千万不要出事。"

"这么多年跟着他打工，我们都成为家人。最重要的，他还欠我们三个月的工资没有给。"

"对！如果他翘辫子，谁给我们发工资。"

几个人谈到工资时，脸上多了焦虑和忧愁。一个月约合一百五十美元的工资，至少可以维持他们家人的日常开销，星期六日还可以买瓶啤酒或者塑料袋装的威士忌，让他们畅游在酒精制造的虚拟世界里。

几个年轻人说话声时高时低，说到工资时几乎医院整个走廊里都可以听到。

"三个月的工资是四百五十美元，我还等着这些钱去买辆摩托三轮车，有了摩托三轮自己做生意，开着它去村子里卖水。一个朋友说一些城中村缺少饮用水，可以开摩托三轮车拉水去卖。"几人中年纪稍长的中年男子脸上留着浓密的胡子，身上印着"美团外卖"的几个中文字格外显眼。

"我要拿剩下的工资开个小卖店，我老家盛产面包果，可以把面包果打成粉做成冰棍，一天也能挣些钱。"另一个年轻人说。

"我的朋友在一家荷兰公司当保安，每天坐在门口看大门挣得工资比我们还高。如果我拿到工资就去找他当个保安，在老贾的公司天天爬楼安装空调，危险又累。"

"昨天晚上，我们几个人谁没有在公司睡觉？为什么到现在我也没有看到路易斯，好像昨天我们回来再也没有看到他。"满脸胡须的男人说。

"昨天下班回宿舍便没有看到他。不过，我觉得最近一段时间他的行为有些奇怪。"年纪最小的小伙子说。

"有啥奇怪？"

"我和他一起搭班安装空调，每次客人给老贾钱时，他总是特别留意。那次，空调差点从六楼掉下来，是因为他偷偷看老贾数钱。"说着，小伙子不停地朝着同伴眨眼。随后，他凑到同伴的耳边小声说："我怀疑抢劫老贾的事蹊跷，只有我们知道老贾刚刚收到一大笔钱。"

听到他们的谈话内容，我不动声色地竖起耳朵听着。

"前几天，在市内安装六十多台空调，老板一定收了不少钱。当时，他点钱的时候故意躲着我们。不过，好像还是被路易斯看到。"年龄最小的小伙子低声说。

"你的意思是说路易斯和抢匪勾结抢劫老板，你有证据吗？"

"我没有证据！为什么从昨天到现在他一直没有出现，前几天他在赌场输掉四个月的工资，他的女朋友天天打电话责骂他。"

听到小个子的话另一个人说道："你和他住在同一宿舍里，你最清楚他想做什么。如果像你说的那样，他勾结劫匪的嫌疑很大。"

"对！我们来医院找老板之前，我发现……"胡须男子仿佛注意到我的存在，看了一眼正在说话的两个同伴。

"嘿，放心，很多中国人不会说英语，更别提我们的祖鲁语，他肯定不明白我们的话。"说完，他们相互笑起来。听到他们的对话，我走到他们面前用祖鲁语说：

"Sawubona, Jia abadinga usizo lwakho." （你好，老贾需要你们的帮助。）听到我讲祖鲁语，他们才意识到刚刚讨论的内容已经不知不觉飞进了我的耳朵。

他们低下头沉默片刻，随后，年纪最长的中年男子转过头对我说：

"我们谈论的内容你都听到了，放心！我们一定会帮助老贾抓到凶手。我们都是贾老板的老员工，我们一定会帮助警察尽早抓捕真正的凶手，这也是我们拿回工资唯一的办法。"

"谢谢你们。"我和他们握手致谢。

"跟着贾老板很多年，虽然，没有挣到大钱，可也够维持家里开销。那个名叫路易斯的家伙，是跟随老板时间最长的工人，不知道为什么他要这么做。"

我们几个正在交谈时，张医生和另外一名当地医生从急救室走出去，两人表情凝重。看到张医生走出来，两个孩子跑到医生面前，医生抚摸着孩子的头说："别担心，你爸爸会好起来！"两个天真的孩子听到医生的话高兴地笑起来。当地医生用祖鲁语对着在场所有人说："我们需要O型血，急救室里的病人失血过多。医院里的库存血不够，希望大家站出来献血，把中国朋友的生命延续下去。"

听到医生的话，A型血的我站在病房门口看着在场所有人。原本喧闹的走廊里立即变得死寂，没有病人的哀嚎和同行人的吵闹，仅剩下人们的喘息声。一些人低头看着地面，一些人默不作声看着身边的人。医院走廊里仿佛被瞬间冰冻住一样，又仿佛死神已经提前来到急救室门外蒙蔽了所有人的眼睛。

"我愿意献血！刚刚一个中国人开车帮助我把小孙女带到医院，

并支付了治疗费用。虽然，她还在抢救室抢救，我的小孙女和中国人一样都能摆脱魔鬼的掌控，他们一定会脱离生命危险。阿门、阿门、阿门！"说着，老太婆不由自主地哭起来。

"老太太，谢谢你的帮助，不过，你年纪太大、身体瘦弱不适合献血。"医生站在老妇人面前恭敬地说。

"没关系！老太太我年纪大，可是，身体很硬朗。我是O型血，你们抽我的血。中国人帮助我，我也要帮助他们。"突然，宁静的走廊里站起来许多人，他们愿意为贾富贵献血，老贾的几个工人站在献血队伍的最前面。半个小时，医生又对在场的人说："我们还需要更多的爱心献血者，刚刚几个献血人员的血液成分不合格，还请你们大家积极献爱心。"

看着贾富贵三个年幼的孩子和表情麻木的妻子，我走到医生面前说："医生，你们还需要多少人献血？"他回答患者失血情况比较严重，至少还要十个人。别无他法，我只能给公司领导打电话，告诉他刚刚发生的事情。听完我的汇报，公司立即组织二十名管理人员和工人赶

到医院为贾富贵献血。为了不让工人们受委屈，公司还专门吩咐食堂为他们每个人准备两碗鸡汤，面包和香肠各两包。

一个小时后，我们公司大巴车专有的发动机声音在医院的门口响起。我急忙组织同事们到献血室献血，二十名工人和管理人员、几个当地年轻人把献血室门口围得水泄不通。从外面经过的当地人以为发生重大事件，也站在外面伸头往里看。女护士看到门外张望的人群说："这里是爱心献血室，这些中国人都来献血，没有稀奇热闹的事发生，请离开！……"原本兴致勃勃站在门外看热闹的人，听到护士的解释扫兴地离开。医院内又恢复了起初的宁静，期间总是听到某些人高亢的议论声、笑声、哭声和喊叫声。

同事们站在门外等待献血时，一名护士从另一间急救室急匆匆地跑出来，径直朝着贾富贵所在的病房跑去。几秒种后，王医生被护士拉出房间。她死死抱住医生的胳膊往老太太小孙女所在的急救室门口跑去。原来，老太太的小孙女依旧在进行抢救。一起逃逸交通事故把可怜的小女孩推向了死亡。老太婆想起逃逸的司机，便破口大骂，眼中满是绝望，一直跪在地上祈求上帝保护小孙女。有时，在医院门口会大声地喊出："上帝保佑，上帝保佑啊"。

贾富贵伤势严重一直处于昏迷状态，脑组织缺氧已经出现部分组织病变，医生在极力抢救。内科专家王医生被护士连拉带拽地带到另一个急救室。

一个两百平米的私人诊所，在这个上午显得格外的忙碌。原本一个星期也用不上的两个急救室，却同时派上用场。医生和护士在两个急救室之间穿梭，走廊里的人们焦急地等待各自医生的结果。看着眼前的一切，我仿佛并不属于这个地方，只有我独自坐在长凳上看着眼前发生的一幕幕。这里所有人与我没有关系，却走进我的生活，或者说在没有任何预兆的情况下我闯进了他们的生活。病魔在这个名叫医院的地方，让人们读懂生活和面对未知。

王医生进入急救室不久，护士急忙通知其他医生准备做手术。原来，交通事故造成小女孩脾脏破裂，并带有大量出血。王医生和另外两名医生、护士推着小女孩病床进入无菌手术室。

"孩子的家人在哪里？"女护士大声喊道。

老太太飞奔到女护士面前，举起自己无力的双手。

"老太太，赶快让你的家人来献血，你家孩子是O型血，快快快！！！"不知所措的老太太沉默许久之后，她跪在医院门口磕头恳求经过的路人为小孙女献血。那种祈求的场面，在国内地下通道、过街天桥随处可见。经过的路人没有停下他们急促的脚步。哀嚎、痛苦、祈求、欢喜、大笑、跳跃组成了医院的全部。

站在献血室门口，我远远地看着跪在门口的老太太。是她让我与这里毫无关系的人，硬生生地拉进同一个世界。她像一只落在田地里的麻雀不停把头往地上磕，祈求好心人的帮助。现在的她和到处觅食的麻雀一样，麻雀低头觅食为了生命，老太太舍掉尊严磕头拯救孙女的性命。五分钟过后，女护士又开始催促献血。感觉无望的老太太瘫坐在地上大声哭起来，震耳的哭声响彻整个医院。走廊里大家的目光又重新回到那个愿意为贾富贵献血的老太太身上。

看到老太太无助的哀求，仿佛每个人都选择沉默。世界上只有穷病无法彻底治愈，可以治愈的病一定与贫穷无关。她绝望的哭声里包含太多的故事和未知的过往。我和同事们站在门口看到发生的一切，看着她可怜的样子和过往人群的漠视。我们决定站出来，在没有和公司领导商议的情况下决定把捐献的血液的一部分用于救治小女孩。前来的二十个人，检测之后共计十五人的血液符合捐献要求。十个人血液用于贾富贵，另外五个身体魁梧的同事每人献出五百毫升的血液救助小女孩。决定之后，我们几个人走到老太太的身边把她搀扶起来，告诉她我们愿意为她小孙女献血。

"谢谢你们，感谢上帝，上帝保佑你们。"老太太听到我们愿意帮助她的小孙女高兴得跳起来大声欢呼。原本满身欢喜的老太太却忽然站在原地哭起来，她转身抱住身边的一位同事哭起来："你们救了我小孙女的命，这辈子我们不会忘记你们。"

一旁的同事听到老太太的话，用蹩脚的英语说："没事，没关系……"

我们把献血的决定告诉护士，她对着我们竖起大拇指，在场很多人看到事情经过。贾富贵的几个工人用中文对我们说：

"谢谢……！谢谢朋友……！……"

二十多位献血的同事带着一颗颗爱心来到医院，二十位勇敢有奉献有担当的年轻人把自己热腾腾的血液输入到陌生人身体。我们肤色不同，充满爱的炙热的血液却相同，此时，他们的血液正在素未谋面的陌生人体内流淌。献血之后，大巴载着脸色苍白的同事回到公司，后来，领导知道他们自发为当地小姑娘献血时，在公司例会上对他们进行褒奖。后来的奖励会议上，员工小陈说："从国内到非洲万里之遥，能用自己的血液救助另一个生命觉得很幸福，特别是看到病人家属脸上出现希望的时候。"

　　一阵阵喧闹结束之后，医院终于陷入些许的安静。时间已经接近十二点，我快步走向医院大门，准备前往热脑袋的家，不料，迎头碰到一个东方面孔的人。在这里日本人、中国人、韩国人、菲律宾人、越南人比比皆是。这个人穿着一条肥大的裤衩，脚蹬一双趿拉板，本以为是热带地区的菲律宾人或者越南人，碰面时他对我大声说道："嘿！你也来看贾富贵？这家伙活该，跟他说过很多次一定要注意安全，总把我的话当作耳旁风……"他说话时嘴里叼着香烟，并一把抓住我的胳膊。随后，仿佛跟我很熟悉一样拍着我的肩膀自我介绍。他叫王大剑，是老贾的老乡。他说话的声音非常大，几乎整个走廊都可以听见。

　　我示意他把手中的香烟扔掉，小声讲话。他却不以为然依旧我行我素，随后又笑着对我说："没关系，在这里没有人管，我已经是十来年的老非洲，当地人见到我很尊重。"他说话时眼睛不停地向上翻。

　　"为什么他们见到你很尊重？"我诧异地问道。

　　"钱！！！只要我从赌场赢钱回来，一百块的小费会让他们高兴几天。我就是他们的财神爷。"他说话时口水横飞，语气像个土财主。

　　"王总，这里是医院请把手里的香烟灭掉。"在非洲大地上，华人之间无论是否相识、关系亲与疏都会以"总"相称。"总"代表事业有成，代表钱财的累计，更是地位的象征。这位王总听到我严厉的告诫，看到我严肃的表情，不情愿的把烟头掐灭扔进垃圾桶。

　　"王总，你和贾富贵是老乡应该很熟悉。"

　　"我不会说英语，只会一点点土话。听贾富贵邻居说昨天晚上五点钟，听到几声枪响，邻居们并没有特别注意，毕竟在那个社区晚上有几声枪响是平常事。直到今天早上六点，他的妻子带着三个孩子找他要钱买菜才发现他被抢劫受伤。前几天，他刚刚收到一笔两万美金的安装费。"接着，他拉着我坐在医院走廊里的长凳上，并下意识从口袋里掏出一根烟想要点火，看到我凛冽的眼神又把香烟放回烟盒。

"贾富贵的几个工人有很大的作案嫌疑，即便不是他们亲自作案，也一定是勾结外面的抢匪。这帮兔崽子如果在我手下工作我一定把他们……"我坐在一旁听着面前的陌生人讲诉另一个陌生人的故事。一切都是那么陌生，它却用这种最陌生的方式进入我陌生的生活。

"贾富贵这个人很孤僻，在南非生活十多年，除了我，他没有任何其他朋友。来非洲这么多年也没有回过国，国内的妻子也离开他。后来，他娶了一个当地帮他打扫卫生的女人，给他生了孩子。"说着，王大剑不由得笑起来。

"以前，提醒过老贾管理好当地员工，不要让他们看到金钱一类的东西，更不能在非洲这种国家持有现金露富。可是，每次他都会用自己的一句名言回击我，你知道哪句名言吗？"王大剑笑着问道。

"我不知道！"

"'富贵险中求'。这次，他的富贵算是真正到头了。"

★ ★ ★

王大剑依旧自话自说地讲诉他和贾富贵的故事。作为局外人的我没有任何兴趣了解他们那些陈谷子烂芝麻的事。我看到三个可怜的孩子，我举手示意打断他的讲话。王大剑看孩子们的眼神很怪异，还故作小声的对我说："不怕告诉你，三个孩子当中老大、老二是老贾的孩子，老三是她的妻子背着他和另外一个人生的。"他说话的样子遮遮掩掩，眉眼之间透着隐情。贾富贵的大儿子和二儿子分别是在六年前和五年前生的。当时，老贾在南非累积了一部分财富，王大剑曾在他手下做过一段时间工程。贾富贵名字里虽然有富贵两个字，可是，来非洲之前国内的生活却债台高筑。为此，他背着妻子带着家里仅有的几万块钱来到非洲。随后，他借钱到非洲闯荡辗转几个国家，最后，定居在南非约翰内斯堡。这里的社会治安出了名的差，但是，他依旧坚持自己的人生格言："富贵，险中求！"非洲的创业之路犹如过山车，运来铁如金，运去金如铁。他从十年前的在非洲掘金挣到百万美元到现在居无定所，只能靠安装空调维持生计。他很少和当地同胞联系，所以，在他出事之后没有朋友前来探望，只有王大剑一人。

从不和中国人来往的贾富贵，与当地人来往频繁，出现问题也只能向当地人求助。此次，不是邻居帮助，恐怕无人知道他被抢匪打伤。

王大剑仍在意犹未尽地讲述贾富贵的故事，仿佛，他是这个世界上最了解老贾的人。正在指手画脚讲述自己老乡的王大剑，忽然不知什么原由从长凳上掉下来，他被吓掉魂似的坐在地上一动不动。我正要去拉他起来的时候，贾富贵所在的急救室房门打开。像影视剧场景里面一样，医生摇摇头离开。贾富贵的两个十岁左右的孩子跑到床边大声呼喊自己父亲，贾富贵身上已经盖上一张白布。戏剧里的场景在现实中展现，没有演员精湛的演技和设计优美的舞台，只剩下生活中真实的一面。

正当贾富贵家人为失去父亲和丈夫难过时，另外一间急救室房门打开了。王医生带领当地的医生护士成功完成手术。小女孩脾脏出血和外溢积攒在腹腔的血液清理完成，手术的成功使得气氛压抑的医院瞬间变得缓和。老太太拉住王医生又搂又抱，然后，双手举向天空高兴地喊着："感谢上帝！感谢中国医生！"今天，老太太说得最多的一个词便是中国。本来和中国人毫无关系的祖孙二人，在那天与中国人紧密地联系在一起。

同一个医院，不同的病房，不同的人生境遇：一面是生、一面是死。不同的命运在同一个地点，几乎同一个时刻交错发生。

贾富贵被推到停尸间，身边的两个孩子喊叫着爸爸。不会讲中文的妻子傻傻地坐在门外一动不动，怀抱里年幼的孩子一直不停地哭闹。另一边那个不知名的老太太高兴地守在小孙女身边，幸福的表情写在她的脸上。

王大剑安慰着贾富贵的妻子和怀中的孩子，他看孩子们的表情十分的亲密。看到他如此照顾自己老乡的家人，我感觉到很欣慰。

"老贾的家人也是我的家人，他的孩子就是我的孩子，以后，我会照顾好他们。"王大剑说着电影场景中常听的台词。

突然，医院外传来急促的警笛声，声音越来越近，定格在医院门口。

"富贵贾，在哪里？"

王大剑急忙凑上前用中式英语低三下四地对警察说贾富贵已经去世。

"他的几个工人在哪里？跟我们回去做笔录调查。"警察有些不耐烦地说。

王大剑熟识贾富贵的几个工人，双手指向刚刚和我谈话的几个年轻人。警察们不由分说给他们几个人带上手铐，同时，用手中的警棍不停朝他们肩膀、腹部，甚至是头部挥舞。几个年轻人之前神秘议论的样子瞬间荡然无存，走廊里只剩下他们的哀叫声。

我请警察不要无辜殴打他们，并向警察解释他们愿意作证人，提供侦破案件有价值的信息。听到我流利的祖鲁语，警察给我竖起大拇指，然后，冷笑地说："即使他们不说出谁是凶手，我们也有本事能让他们乖乖开口。在这里即使他们是一颗铁球，我们也能翘开他们的嘴巴。警察局从来不缺让人开口的办法，等他们进去之后会主动向我们交代。"警察说话的语气很傲慢。

几个工人脸上的洒脱消失了，剩下满脸的惊恐。他们在警察局的待遇不是茶水也不是咖啡，而是柔软的皮带和刚硬的铁刀。曾经数次看到警察用皮带和铁刀抽犯罪嫌疑人的手掌和脚掌，每次抽打下去嫌犯都会哎呦呦的叫几声立即缩回去，然后，再主动伸出去让警察继续抽打。几番下去，嫌疑人的脚掌和手掌便肿得像熊掌，比这些更加严厉的手段还有很多。

我准备离开医院，一个警察走到我身遍："你好，麻烦把你的电话号码留给我们，以后，这起案件还需要你帮忙。"我转身把号码留给他。

警察带走几名工人和写着我的名字、电话号码的纸条离开医院，警笛声渐行渐远直至消失。想到热脑袋，我跑出医院门口，这时老太太一把拉住我，问我叫什么名字，我笑了笑没有回答。

"我叫伊萨贝拉，我家就在你经过的村子，那里的人都认识我这个没用的老太婆。欢迎你到我们家里做客，谢谢你朋友。"

我急忙挥手告别，跑回车上发动汽车，才发现已经是下午两点半。

4

玛丽娅之死

　　汽车飞快地往热脑袋的村子驶去，坑坑洼洼的土路使得汽车的速度降下来。路上热脑袋、孩子哭泣的画面总在脑海里重复出现。我承诺热脑袋今天去看他，出门却碰到与我无关的人，做一些与我无关的事。

　　车子在土路上颠簸着，原本驾驶技术并不娴熟的我只能放慢速度。车子经过一棵巨大的芒果树时，一个身穿白色上衣头戴黑色鸭舌帽的年轻人冲着我挥手。内心急躁的我不打算停车，而且，一位警察朋友说偏僻的路段不能让他人搭顺风车，尤其拿包的女人。警察处理几起抢劫事件的主谋均是年轻女性，她们穿着性感、暴露，佯装搭顺风车后实施抢劫，而且专挑男性司机下手。

　　我下意识踩下油门，不过，汽车在充满沙土的路上并没有提速，车子在行驶过程中，看见小伙子身边站着一个挺着大肚子的女人依靠着站在芒果树下。小伙子用力冲我挥手，大声喊叫着："嘿，朋友请帮帮忙……"说着话，他用手指着芒果树下的孕妇。看到挺着大肚子的孕妇，我不由自主地踩下刹车。汽车停在距离他们二十米的路边，看到车子停在路边小伙子搀扶着孕妇走过来，胳膊上还挎着几个大大小小的包裹。

"你好，麻烦你载我们到前面的村子，谢谢啦。"这个年纪与我相仿的年轻人说话时彬彬有礼。

我按下汽车中控锁，两个人拉开车门坐在车子后排座位上。我继续朝着前方行驶，车子上异常的安静。三个人默不作声，只听到车子发动机的轰鸣声。通过车子后视镜，看到两个人不停的眉目交流着什么，孕妇的手也一直放在口袋里，从上车开始她的手从来没有离开过衣服口袋。

想到以前经常有朋友劝告，我后背突然觉得冒冷风，额头上也渗出很多汗水。虽然，之前已经有被抢劫的经历，可心里依旧不能平静。我鼓起勇气按动窗户升降按钮，看着后视镜说道："现在天气还真热，我把窗户打开，你们没有意见吧！"

"可……以……！！！"

"你们到哪个村子啊？我还有十来分钟的路程就到目的地。"我不知所措地问道。

"我……们……到前面……"年轻人吞吞吐吐地说。

三人没有说话，只听到风与车子产生的摩擦声和发动机的轰鸣声。我不由自主地紧踩油门，车子也更加地晃动。后视镜里后排座上的年轻夫妇依旧在眉目传情，他们在传递着什么信息。突然，听到"咚"的一声响，好像什么东西掉落在车子里。看到东西掉在地上，两个人有些慌神，表情十分紧张。女人急忙把掉在地上的东西藏在衣服里，看到夫妻两个人紧张的表情，我大概猜出是什么东西，更加觉得一股股冷风吹着后背。我急忙故作镇定地笑着说：

"前面村子有我一位老朋友，他叫东卡村长，还有另外一个朋友，他叫……"我想要说出来热脑袋的名字，可是，想到他现在的处境便没有继续说下去。

他们二人相互对视一下，脸上露出诧异的表情。年轻女子看着自己丈夫说："我们也认识东卡大叔，只不过他并不是村长，而是，我们部落的大酋长。他拥有广阔的土地管辖权，我家也在他管辖的村子，我们二人回去看望父亲。"说话时女子停顿一下表情凝重，她看一眼自己的男人说："很长时间没有回来看父亲，不知道他过得咋样。"

两个人相互对视没有说话，各自呆呆地看着窗外。车子依旧继续在土路上匀速前行，即使脚下的油门已经被踩到底。那段缓慢的时间，终于在村口的山脚下结束。二人下车后没有说话径直离开，我把车子停在路边后朝着村子的方向走去，走在我前面的小夫妻，两人停在路边争吵起来。长相俊俏的男子指着女人大骂道："刚才在车上为什么不动手……"

"他认识东卡酋长，在外面你如何作恶我不管，不能在我家门口…… 这是我的家，我爸爸还在这个村子继续生活。"男子听到女人的话气急败坏，一记耳光重重地打在她的脸上，嘴巴里骂骂咧咧地说："臭婊子！如果不是我他妈愚蠢，怎么也不要你这样的烂女人。"

女人低头坐着，脸上没有任何的情绪波动，显然类似的争吵和殴打已经成为常事。盐是产生咸味的调料，假如盐成为主食将不再拥有自己原本的样子。争吵和殴打在情感中度过，绝望则会是爱情的主题。

"丧门星！！！还不站起来走……"外表长相英俊内心丑陋的男子用恶狠狠的眼神看着自己的女人，她拖着腰慢慢地站起身。想到被绑在霸王树上的热脑袋我加快奔跑的速度。这时，手表指针已经到了下午三点钟。

我抵达霸王树前，拥挤的人群映入我的眼帘。男男女女、老老少少聚集在霸王树周围，热脑袋被人从树上解下来，全身沾满泥土地躺在人群中间的地上，流出的血液已经把泥土染成红色。他双目圆睁躺在地上，一旁的两个孩子呆呆地看着父亲。不知道这里曾经发生过什么，但是，对于热脑袋和他的两个儿子来说，注定是一场痛苦的煎熬。

东卡村长站在人群中间主持审判大会，在场的村民不由自主把现场围成一个圈。一个男人站在人群中高声呵斥，嘴巴里一长串的污言秽语脱口而出。这个人便是热脑袋的妻弟巴里，他站在人群中大声咒骂着自己的姐夫，并向众人指认热脑袋是杀死自己姐姐的罪人。

"这个混账军阀不仅是脑袋热，连他的心也是黑色的。他穷困潦倒的时候是谁愿意嫁给他？就是被他杀死的妻子，我的亲姐姐。"说着，他走上前朝热脑袋胸口狠狠地踢下去。被踢的热脑袋没有发出任何声音，躺在地上睁大双眼直勾勾地看着天空。

"他不说话等于是默认……我姐姐就是他杀死的，虽然，我没有看到他如何杀死自己的妻子，但是，从他麻木不仁地样子，可以猜到他做过多少坏事、恶事。今天，希望大家替我姐姐主持公道。"巴里说话时眼睛里充满怒火。

"对！他年轻时就是军阀，杀过很多人。对于他来说，杀死自己妻子就像拔掉一根稻草那么容易。"站在一旁的女人们纷纷议论起来。

"是啊，听我父亲说，他年轻当兵时，总是受军阀热脑袋的凌辱和压迫。"

"应该按照村规把他吊死在树上，让老鹰把他肮脏的身体啄食干净，让他从这个世界上彻底消失。"一个年轻女子也随声附和地说。

"混蛋，吊死这个杀妻的畜生。"

"杀了他！以前，我只犯下一点小过错便受他的虐待。"说着，他撸起袖子露出手臂上的一道小小的伤疤。

"热脑袋，大军阀！以前，我偷了村子的一头羊，就被他绑在树上整整一天，家人前来为我求情，他还指责我的父母对我疏于管教，说我是个野孩子。"一个衣着邋遢，头发凌乱的小伙子说道，大家听到他的话都哈哈大笑起来。

"偷人家的羊应该被砍手，把你绑在树上一天算是你幸运。如果被我抓到一定让你吃羊屎喝羊尿，让你听到羊叫就害怕，治治你偷东西的毛病。回家好好想想，怎么把露屁股上的破洞补上，别把你的大宝贝露出来，太不害臊！"所有人都看着破衣烂衫的男子一阵奚落和哄堂大笑。看到大家的嘲笑和戏弄，男子并没有离开而是指着热脑袋说："我偷了一只小羊。可是，我没有杀死自己老婆。"

"你这样子的懒鬼，哪个女人愿意嫁给你，就是缺胳膊少大腿的女人也看不上你。"

听到无休止的嘲弄，破衣烂衫的男子没有像普通人一样恼怒，而是继续站在人群中谈笑风生，好像人们的嘲笑和愚弄与他无关。

指责、谩骂、殴打继续在人群中散开。人们被巴里愤怒的情绪带动，使得现场的气氛更加紧张。每个人用恶狠狠地眼神盯着热脑袋。

围观者看到巴里等人在指责、谩骂热脑袋，很多人也开始跟着他们一起指责、谩骂，甚至是侮辱。几个人学着巴里的样子凑近热脑袋踢几脚。东卡村长站在霸王树旁边许久没有说话，他静静地看着现场人群的动态。当他看到大家责骂热脑袋时显得十分的焦躁，看到人们殴打热脑袋时情绪更加不安。他抬起手中黑檀木制成的拐杖，对在场的人大声说：

"安静！！！审判大会的主题是热脑袋妻子玛丽娅的死，死因究竟是怎么样我们不得而知，只有热脑袋和死者知道。所以，在我们无法判断一个人是否有罪的情况下，不能对他进行人身攻击和人格侮辱。以前，他确实是个拥有士兵和财富的军阀，我们很多人遭受过他的处罚，但是，我们当中也有很多人受过他的恩惠。他也在保护我们老百姓不遭受非法武装的杀戮，更避免部落之间因利益分配不均而产生的冲突。他保护过我们，更帮助过那些穷苦的人，并不像那些雁过拔毛、贪得无厌

的达官显贵。"东卡村长说完,现场开始沸腾起来。人们又纷纷议论起来,刚刚谩骂热脑袋的女人转过身像换了个人一样说道:"是啊!热脑袋是个大好人!我爹妈说过,他们曾经受到热脑袋的帮助,那个时候,我们家缺衣少粮也是他帮助我父亲谋到一份差事,才能把我们五个兄弟姐妹养活大。他是个大好人,绝对不会杀死自己的妻子。"大家听到女子的话,对热脑袋的态度开始变得温和起来,人群再一次陷入长久的讨论:

"是啊,热脑袋是个好人,大家都亲眼所见。"

"对!他借给我一百块钱,可从来没有让我偿还。"

"热脑袋是个热心肠,对大家都很好。"

"我的孩子生病,是他花钱买药救了我的孩子……"

"我们不能确定玛丽娅的死因,所以,大家不能伤害无辜的热脑袋。"

"对对对!!!"在场一些人异口同声地说。

现场的争论一直在持续,丝毫没有结束的迹象。人与人之间相互质问、责骂、推搡。我站在一边焦急等待着他们的处理结果。渴望知道热脑袋究竟做过什么,也希望杀死妻子这件事和他无关。

愤怒的巴里认定杀死自己姐姐的人是热脑袋,所以,他想尽办法要在众人面前将他活活打死。只是人们的意见分歧严重,使得审判陷入僵局。一些人猜测是热脑袋杀人,另一些人则认为热脑袋无辜。正在这时,巴里一眼看到站在人群边缘的我,他高兴地大声喊叫说:

"嘿!大家你一言我一语的讨论,即便到明年也难有结果。俗话说当局者迷,旁观者清,不如,我们请一个外人来评判这件事。"说着,他用手指向我。

在场的所有人立即把目光投在我身上，他们看我的眼神好像是在欣赏一头拉进市场待售的毛驴，对他们来说陌生人的闯入让他们觉得十分诧异和奇怪，同时，我的突然出现也让他们感到疑惑和不解。

看到我在场，东卡村长表情非常惊讶，立即走上前说：

"你怎么到这里，真抱歉让你看到这一幕。"

我瞄一眼躺在地上的热脑袋说："我来看看他。"

一直引导村民给热脑袋定罪的巴里跑到我身边。虽然，昨天我们才见过第一面，但是，他看到我仿佛是见到多年的老朋友一样，紧紧地搂着我的肩膀小声说：

"哥们儿，热脑袋欠你钱，我可以帮你向他讨要欠下的钱，不过，你要站在我一边对付该死的老东西。今天，我要让村子里的人知道，谁触犯到我的利益就要死，让他们知道我的厉害，以后，村子里的人不敢再低看我。"说话时，他的脸上透漏着一股阴险和贪婪，语气中带着些许威胁。

看我没有回应，他脸上立即挤出难看的笑容，像小仓鼠一样哀求地说："求求你，帮助我搞死他，我也会帮你讨债。"刚刚那个像狼一样恶狠狠的巴里，瞬间变成一只温顺的兔子。东卡村长看到巴里搂住我的肩膀，立即把巴里放在我肩膀上的一只手拿开。

东卡拉着我走到人群中间，人们不由自主把目光投在我们身上。在场的每一个人都期盼着能听到他们心中最愿意获得的答案，东卡村长用他唯一的一只手举起我的右手向在场的人喊道：

"站在我们面前的朋友，村子里很多人都认识他。今年，他曾经到我们村子里招工，给村子很多家庭提供就业机会。昨天，村子里的贫困户约翰在他们公司赚到钱，为妻子举行一场不错的婚礼。这一切都要感谢他们给我们创造的就业机会。"

"是啊，我认识他，可以讲一口流利的祖鲁语。"

"他是我们的好朋友、好同事。"

"刘是个好人……"站在人群中的我，听在场人们的褒奖心里倍感甜蜜，身体还有些麻麻酥酥的感觉。

东卡村长举起手示意，人们立即停止议论。他再次大声对在场的人喊道："这样继续争吵下去不会有任何结果，既然大家都觉得刘是个合适的评判人选，我们请这个来自东方国度的外国人给我们评判一下。"

听到他说外国人，我才意识到自己身在异国的一个村子，而这时的我才是一个真正意义上的外国人。他们认为我所说的每一句话没有任何的私心，可是，我怎么会没有私心？我希望热脑袋可以安然无恙，更希望他没有杀死自己的妻子。巴里在知道我向热脑袋催债的情况下，依然拉着我站出来做评判，难道，我和他都没有私心吗？每个人都有私心，在大是大非面前如何控制私心，才是决定我们为人之本，他们想让我做出一个公正、无私的判断。我看着现场每一个人期盼结果的眼神，感觉到压力倍增。因此，我要对自己说出的每一句话负责，慢慢地，我看着在场所有的人说："第一个问题：在场各位谁亲眼看到热脑袋杀了他的妻子？"

话音刚落地，人们相互观察身边的人，小声嘀咕地问道："你看到了吗？"他们相互询问，然后，都不约而同地摇头。

巴里突然冲向前说："虽然，我们没有看到他杀人，但是，只有他和我姐姐在家里。几个小时后我姐姐便去世，所以，我们猜测一定是他杀。"

"第二个问题：热脑袋是怎么杀死自己的妻子的，是否找到杀人的物证。比如，刀子、绳子、毒药等等。"

在场的人依旧相互交头接耳，随后继续摇头。巴里又站出来再次指认姐姐脖子上有被绳子勒过的伤痕，所以，他姐姐一定是被热脑袋用绳子勒死的。

"第三个问题：热脑袋杀死自己妻子的目的是什么？为什么无缘无故要杀死两个孩子的母亲？"

巴里听到我的问题后没有反驳，现场的人也都陷入沉默。大家相互看着，却没有任何的语言交流。

突然，东卡村长站出来大声喊道："热脑袋为什么要杀自己的妻子？任何人做任何事都有因果，绝对不会没有缘由的杀人，而且，还是最亲近的人。"

"也许，他在外面有情人，产生杀妻的念头。"巴里仍旧不依不饶地说。

"任何时候判断一件事情，必须有礼有节，有章法可寻，决不能凭借猜测和臆想去判断一件事。特别是戴着有色眼镜去分析一件事，就会产生先入为主的念头。你认为他会杀人，才使得你坚定地认为热脑袋杀死你的姐姐。冷静一下想想，再看看两个可怜的外甥。"说着话我拍着巴里的肩膀。

巴里听到我的话，压低声音对我说："之前，咱们不是有协议合作把热脑袋打下地狱，我可以帮助讨要欠你的钱，你可不要食言。"

听到他的话，我轻轻地摇摇头。看到我不同意，巴里用力把我推倒在地并大声呵斥道：

"我不认识刘开，他是热脑袋的朋友，说出的话大家不要相信，他说的一切都是错的。"

"哈哈哈！好像就在十分钟之前，你还拍着刘的肩膀大声说中国好哥们！怎么现在立马就翻脸不认人啦。"东卡村子的人说。

"我根本不认识他，他的话对于我来说没有任何说服力，所以，你们不要相信他的话。"巴里说。

东卡村长站在巴里面前严肃地说："让他来判断这起官司是所有人点头允诺的，你一个人是否同意没有决定权。在场所有人都觉得他的三个问题很好，必须把三个问题搞清楚才能决定案件的结果。由于，热脑袋比玛丽娅年长将近十岁的原因，使得他对妻子更加地呵护，热脑袋爱自己的妻子玛丽娅也是我们亲眼目睹。前段时间，他打工挣的钱也全部都寄回家，以前，热脑袋从来没有拿过扫把，现在却做最脏最累的工作。每个人都会改变，我们不能用旧的观念看待他。"

看到东卡村长在为热脑袋求情，我急忙对大家说：

"自从他到公司做保洁，公司的卫生环境干净整洁。每次让他回去探望家人，他都说要多挣钱养家，我的很多同事很喜欢他，他还被公司评为优秀员工。公司同事离开南非时把自己的很多衣服送给他，却从没有见他穿过，后来才知道他把衣服卖掉换成钱寄给家人。吃苦耐劳、勤俭节约是每个人在他身上都可以看到的美德。"我停下来悄悄地观察人们的面部表情，发现原本愤怒的人们情绪缓和下来。我又接着说：

"没有任何人看到热脑袋杀死自己的妻子，也没有留下来任何的证据，他却被绑在树上整整几天的时间，身上血肉模糊的伤疤触目惊心。身体的折磨在精神蹂躏面前显得格外渺小，精神垮塌的人很难站起来，除非他患上精神病。身体的疼痛没有摧毁热脑袋，让他心痛的是两个嗷嗷待哺的孩子。如果他死了，谁来养活两个孩子。巴里先生，热脑袋死后，你愿意抚养他的两个孩子吗？我们想听你的意见……"

听到我的话，巴里有些突兀，瞬间不知道该说些什么。在场的人都在看着他，他却支支吾吾说不出话。他的沉默换来在场人们的集体责问：

"如果热脑袋死了，你愿意照顾自己的两个外甥吗？"

"他不会愿意，谁不知道他是个自私自利的人，他喜欢出风头，却不愿干对他没有利益的事。"

"是啊！巴里还是个没有诚信的家伙，借我一百块钱从未说要还，他肯定不愿意照顾自己的两个外甥。"

听到大家你一言我一语的责骂，巴里立即变得暴跳如雷，对着人群大声开口骂道：

"我该做什么不用你们指手画脚，我有自己的三个孩子需要养活，没有能力再照顾两个孩子。我没有足够的钱，我的妻子也不会同意收养他们。现在，养活自己的孩子已经非常困难，再收养两个正在长身体的孩子，我可干不了。如果你们觉得我是个自私自利的人，你们可以照顾两个孩子，也可以把他们送到孤儿院，这一切跟我无关。不过，今天热脑袋必须死，我姐姐就是被他杀死的。谁胆敢阻挠，我让他日子永不安宁。众所周知我可是这里出名的'混不讲'，我说的都是对的。"说着，他走到热脑袋身边狠狠地朝着肚子踢了一脚。

看到巴里的蛮横，很多人选择沉默，还有一些人随声附和说：

"是啊！巴里有三个孩子需要抚养，他如何有能力再照顾两个孩子，应该把孩子送到孤儿院……"

"对！把孩子送到孤儿院，那里有修女帮助照顾他们，而且，村子里的人都不用为此事烦心。"一位身穿黑衣的中年女人说道。在场的人们听到女人的建议都拍手称快，如此一来即便按照村规民约热脑袋被处死，村子里的人们也不用承担任何的负担。一些人走到女人面前称赞她聪明机智，既解决了问题又不给村子任何人带来不便。

看到在场男男女女在死亡面前谈笑风生，觉得村子里的人是如此的冷漠。这时，我发现东卡村长全身都在发抖，双手紧握拳头。在人群中他拿着拐杖重重地敲打在旁边的一口铁锅上，瞬间响起震耳欲聋的响声，原本完好的大铁锅被东卡一棍子打碎。看到愤怒的东卡人们立即闭上嘴巴，整个场面充满严肃和不安。东卡走到依旧觉得洋洋得意的黑衣女子面前，用严厉的眼神看着她说：

"把孩子送孤儿院！这是没有人性的家伙才能说出来的话。你也是一个母亲，有可爱的孩子。热脑袋难道不是一个父亲吗？难道孩子不希望得到父母的宠爱和呵护？不管是多么完美的孤儿院，也不能代替父母的爱。两个孩子已经失去爱他们的妈妈，现在你们还要让他们失去唯一的父亲吗？在这个世界上，没有人可以代替父母在孩子心中的位置。你作为一个母亲能说出这样的话，我为你感觉到羞耻。市里有一家天主教主办的孤儿院，可是，你们知道那里的孤儿已经人满为患，照顾他们的人都是五六十岁的修女们。她们不怕辛苦照顾与她们没有任何关系的孩子，而我们却选择躲避，甚至不惜看着孩子的父亲被杀也要选择逃避责任。身为酋长我为你们感到耻辱。"东卡激动的言语让现场立即变得沉寂，仿佛可以听到风吹过耳边的摩擦声。所有人被东卡酋长的话震撼了，他们低下头不敢再继续无所忌惮地发表不着边际的评论。

"呸呸呸！！！修女们愿意照顾那些孩子是她们的事情，我不愿意照顾。你们没有权利强迫我，再者说，你们谁照顾两个孩子，我都立即举双手赞成。"一个聒噪的声音又在人群中响起，这个人依旧是巴里。他继续恶狠狠地对着在场的一些人使眼色，让他们继续站在自己一队。不过，他们并没有抬头直视巴里，而是私下里微微地摇头。巴里看没有人为自己说话，便恼羞成怒地说：

"不要岔开话题！现在是讨论我姐姐被杀的事情，而不是两个孩子的抚养问题。无论如何我今天一定为我姐姐报仇，把禽兽不如的热脑袋送上断头台。"

现场依旧死一样的沉寂，大家内心疑惑，巴里并没有看到热脑袋杀死姐姐，也没有任何的证据证实杀人者是热脑袋。为什么他急于杀死热脑，难道这里面还有隐情？

"巴里，你借自己姐姐的钱归还了吗？"东卡村长用凛冽的眼神看着他。

巴里听到东卡村长问他向姐姐借钱的事情，整个人瞠目结舌，不知该如何回答。看到他紧张的样子，东卡立即追问道：

"难道你杀死热脑袋就是为了逃避还债吗？"东卡话说出口，在场所有人的目光盯在巴里的身上。

听到村长的话，他来不及思考回答这个问题。只是张着嘴巴许久才哆哆嗦嗦地说："我欠钱怎么了？我以后会还钱给他，跟你们这些外人没有任何关系！即使不还钱，你们又能拿我怎么样？"巴里露出他贪婪和"混不讲"的本性。

听到他的话，人们私底下小声议论：

"我猜得没有错，一开始我知道巴里是因为钱，才要把热脑袋置于死地，现在你们知道了……"

"令人难以置信！因为钱他竟然要害死自己的姐夫。"

"你可以数清天上的星星，可以看透海底的小鱼，你却难以看穿一个人的心。"

"以后，不要跟巴里来往……他可是真正的危险人物。"

"为了钱连自己姐夫也不放过，还要把他置于死地……巴里是个十足的混蛋。"

巴里看到众人谴责，他变得像一只发病的疯狗，他走到我的面前恶狠狠地看着我骂道：

"外国佬，赶紧滚回你的国家，这里不欢迎你。"

"呵呵！昨天有一个叫巴里的人在这里抽了我的香烟，还说中国人都是他的好兄弟。不到一天的时间，我就变成了他的仇人。"我带着讥讽的语气说。

听到我的话，东卡酋长笑着说："每个人都有两张面孔，真实和虚伪，一些人把真实当作人生的格言，另一些人则把虚伪看作人生的手段。巴里是什么样的人，每个人心知肚明！"

"说得对，巴里就是个虚伪的人！"

"伪君子，总是显示自己的高贵，其实他才是最下贱的人。"

"没错，下贱胚子！"

巴里听到众人的责骂便把所有的怒火冲向我这个外人，他一把抓住我的衣领说：

"早知道你来搅局，应该把你踢下山，让老鹰吃了你。"

东卡酋长走上前一把抓住巴里的手腕说："你不能在我的管辖区域恐吓任何人，特别是为我们提供工作机会的朋友。"

"东卡酋长，你怎么变成卖国贼！为他说话站台，他给了你什么好处？"巴里嘲讽到。

"我是否是卖国贼，村民都可以作证，容不得你这样虚伪的人诋毁。"

"对对对！！！东卡是我们的大酋长，这片土地都由他管辖，有什么可以出卖。"在场的人议论道。

"我们相信酋长！"大家异口同声地说。

"你们都他妈的给我闭嘴，今天，我就是要热脑袋死，谁跟我作对等着吃拳头。"外号"混不讲"的巴里完全暴露出原本丑恶的嘴脸。

我用力挣脱巴里，东卡酋长也使劲把他拉到一旁。巴里像一头疯狗一样反手抓住东卡酋长胳膊将他推倒在地，然后，疯狂地狠狠地殴打东卡。在场的人立即上前劝架，气急败坏的巴里站在人群中大声喊道：

"谁敢阻止我，我就打谁，不想找死的，就不要多管闲事。"随后，他转过身指着我说："中国人也一样。"

随后，他继续殴打已经被打倒在地的东卡。突然，一个满身红泥土的人跑过去紧紧地抱住巴里。在场的人惊呆了，后背血肉模糊的热脑袋从地上爬起来，紧紧地抱住正在殴打东卡的巴里。他用力的时候背上已经生痂的伤口又一次被拉开，鲜红的血液从黑色皮肤上喷射出来，瞬间，鲜红的血液布满整个后背。

鲜血落在巴里衣服和鞋子上，看到衣服被沾染鲜血他更加愤怒，挥拳将热脑袋打倒在地，并狠狠地捶打他的头部。看到热脑袋和东卡两个五十多岁的人被强壮的巴里殴打，我急忙走上前阻止巴里。巴里恶狠狠地怒视着我，他趁我不注意反手一拳打在我的肚子上，我努力忍着疼痛依旧抓住他的一只手，见我没有还手，他再次挥出拳头。

现场陷入混乱，突然响起"砰"的一声枪声。听到枪声，人们惊慌失措四处逃窜，有些人躲在同伴身后，有些人躲在大树或者灌木丛后。没等我反应过来，巴里抱着大腿倒在地上，我定睛一看才发现他双手捂着的大腿喷出鲜血。环顾四周看到在我们不远处站着一对青年男女，男子长相英俊，女人挺着大肚子。他们正是搭我顺风车的年轻小情侣。

年轻男子走到巴里面前没有说一句话，施展的一顿无影脚让刚刚穷凶极恶的巴里变成哎呦乱叫的野猪，他一边哀叫一边问道：

"你是谁啊？我哪里得罪了你，为什么要打我？"年轻男子默不作声，依旧上下翻飞手脚并用殴打巴里。巴里看到男子玩命地打自己，只能哭丧着脸求饶。他带着哭腔说："如果我哪里得罪了您老人家一定赔礼道歉，请不要再打了。年轻人面无表情，依旧朝着巴里肆无忌惮地拼命殴打，根本没有停下来的迹象。在场的人们依旧躲在自己认为安全的地方看着现场发生的一切。

被一顿胖揍的巴里，身上、脸上出现伤口和血液，巴里捂着大腿的伤口跪在年轻人面前求饶："请您高抬贵手，我做错事请你见谅，求求您老人家饶过我吧！"刚刚气势汹汹、满脸凶相的巴里瞬间变成摇尾乞怜的哈巴狗。可是，不管巴里如何求饶，年轻男子依旧不言不语殴打巴里。为避免打死人，我和东卡酋长急忙走过去劝阻他停手。听到我们规劝的年轻人，不紧不慢地抬起手枪指着巴里的脑袋说：

"滚过去给东卡酋长磕头，否则，我打爆你的狗脑袋。"

听到命令的巴里急忙爬到东卡脚下像公鸡啄食一样不停地磕头。看着年轻人命令巴里给东卡磕头，想起车子上的情形，所以，猜测小情侣是东卡酋长的家人。

接着，他又命令巴里给热脑袋磕头，巴里像一条狗一样爬到热脑袋身边大喊道：

"姐夫，求求你！您大人不记小人过，把当我成臭狗屁放了吧。"

热脑袋没有回话，呼吸非常微弱。巴里看着年轻人拿着的手枪脸上写满恐慌。

"小伙子，我们根本不认识！也不知道我哪里得罪过您，原谅我这个无耻之徒。"

年轻人同样用恶狠狠地眼神看了他一眼说："以后，你如果再欺负我准岳父，就让你先尝尝活活被打死的味道。"

说着，年轻人脱掉身上的衣服披在热脑袋身上说：

"爸，您没有事吧！"

听到年轻人叫热脑袋爸爸，巴里立即恍然大悟。他想要偷偷离开，被年轻人一声呵斥：

"听说你是这里最横的人，酋长你也敢打。如果你是这里最蛮不讲理的大人物，我要不要给你敬礼啊？"

巴里捂着腿上的伤口，痛苦的脸上依旧带着下作的笑容。他不停地作揖磕头，恳求年轻人饶他一命。

"我是你父亲的内弟，你应该叫我舅舅，别再打我……"

巴里话一出口，年轻人的眼神变得更加凛冽，走上前一脚踢倒跪在他面前的巴里：

"宽恕是一种高贵的品质、崇高的美德，可绝不是我所能控制、所能左右的。刚才还要弄死你的姐夫，现在怎么开始攀亲，你真是个十足小人。"话音未落，又是一顿拳头和飞腿。

被痛扁的巴里躺在地上大声呻吟，一会儿叫妈妈，一会儿叫上帝。不明白为什么他这样的人只有遭受痛苦的时候，才会想起自己的至亲。东卡酋长看到巴里腿上的鲜血，让年轻人赶快停手。年轻人来到热脑袋身边，把他搀扶起来送回家，一间用木棍搭建的小房子，旁边还有一间茅草建的厨房。两个孩子看到父亲被人搀扶回家，也乖乖地跟在身后离开。

热脑袋离开之后，大家相互小声嘀咕着离开现场。最后，只剩下大腿上留着一颗子弹的巴里。想要通过杀死自己姐夫树立威风的他，却被人蹂躏到无法反抗的地步。本想要在众人面前获得尊重和地位，最终，却得到无尽的嘲笑和唏嘘。

巴里站起来一瘸一拐灰溜溜地离开现场，只剩下我和东卡酋长。东卡酋长拍着我的肩膀一起向热脑袋的家走去。

★　★　★

热脑袋这间用木棍和黑泥搭建的房子里除了地上那张用芦苇草编制的草席，再也看不到任何的家具。几件破旧的衣服挂在木棍的树杈上，还有一些干草铺在房间的角落。热脑袋躺在芦苇草席上，眼睛微睁傻傻地看着眼前的一切。他身怀六甲的女儿坐在他的身边，为他清理身上的泥土。经过几天的折磨，热脑袋整个人变了样。瘦弱的身体可以看到每一根骨头的形状。热脑袋的女儿哭着说：

"对不起，爸！这么长时间才回来看你，谁能想到你的日子这么艰难。"

"没事，丫头，你父亲知道你的日子也不好过。前段时间，多亏刘先生给你爸爸提供一份力所能及的工作，让他挣到一些钱养家糊口。"说着，东卡酋长用手指着我。

热脑袋的女儿擦干脸上的眼泪努力让自己露出一丝笑容。发现她是个漂亮的女人：大大的眼睛、小麦的肤色、柔顺的头发。她走到我身边一只手伸进自己衣服里，从里面拿出一个圆圆的布袋。取出布袋子的她立即变成一个魔鬼般身材的女人。原来，在外面她一直伪装成一位孕妇。她看了一眼站在自己身边的男朋友说：

"感谢你帮助我爸爸，刚刚现场所有发生的一切我都看到眼里，如果没有你和东卡酋长的帮助，我父亲已经被无知的村民打死，实在没有办法我们才开枪！"

看她从肚子里拿出来的袋子，我脸上的表情十分惊讶。她注意到我的表情便苦笑着跟我说："都是为了生活，我才这样装扮成孕妇，刚才还要谢谢你让我们搭顺风车。"

我被她突如其来的话打乱思路，不知道该怎么回答。过了许久，我若有所思地说：

"对啦！我给热脑袋和两个孩子带了一些食物和棉被，现在我去车子上取……"说完，我便朝着车子跑去。

不一会儿，热脑袋的女儿带着两个弟弟追了过来。他们气喘吁吁地跑到我的身边说：

"我们来帮你拿东西……"我看着他们微笑着点头。

四个人把车子上所有的吃食和衣服、被子一股脑拿到热脑袋家。当我们正要进门的时候，听到东卡酋长和热脑袋两个人低沉的声音：

"你这样做值得吗？为什么不把真实的情况告诉大家？我知道你为妻子的名声着想，如果，巴里得逼你要面临被处死。你想过后果吗？"

"我和她虽然不是原配夫妻，可是，她是我三个妻子中最爱我的人、受苦最多的人，我欠她的实在太多，这辈子，我用尽全身力气，依旧活成自己不愿意看到的样子。"热脑袋用他低沉地声音说。热脑袋的女儿和我站在门外听着，并没有打断他们的谈话。为了不打扰他们说话，她让两个弟弟到商店买他们喜欢吃的冰棍。

"现在只有我们在房间里，你能告诉我她到底怎么死的吗？"

"不！我不想再揭开她的伤疤，更不能让她死后受人责骂。"

"难道你真的杀死了你的妻子，是你把她吊死的吗？"

听到吊死两个字，热脑袋出奇的冷静："我没有杀她，我欠她太多怎么可能吊死她！"

"苦难和死亡并不可怕，让人恐惧的是那些允许人们去造成苦难和死亡的借口。作为酋长我必须弄清楚，她到底是怎么死的？这是我的责任，也是对生命的敬畏。"东卡酋长表情严肃地说。

"岳父，如果不是你杀死我的岳母，就把真相讲出来。"热脑袋的准女婿在一旁焦急地说。

"你们不要逼我，我不能说出原因，这样对她、对我都太残酷。"

热脑袋捂着头。

"虽然我是酋长，可我不能凌驾于法律之上。如果法律认定你是杀人犯，你将面临终身监禁。如果你被判刑，两个孩子谁来照顾？难道让你没有出嫁的女儿照顾他们吗？"

热脑袋沉默了，他表情木讷地看门外，眼神中透着迷茫。他两手紧紧地握着东卡的双手说：

"她患上艾滋病……艾滋病……，所以，我才去打工挣钱为她买药。每个月我挣的工资，我都会邮寄给妻子的弟弟巴里，让他帮忙去医院买药。谁知我在公司六个月的工资，他没有给他的姐姐买一粒药。"

"妈的！混账东西，我现在就去宰了那个兔崽子，自己的亲姐姐也要害，他根本不是人！"帅气的小伙子说着拿起手枪就要出门。

"你站住！不要把这件事闹得沸沸扬扬，我不想让村子里的人知道你岳母得艾滋病的事情。"热脑袋用尽全身力气一把拉住他。

"良心是人类心灵的岗哨，时刻监视着我们别做出违背道德的事情。可是，巴里简直是个畜生，自己姐姐的救命钱也能昧良心侵吞。"东卡酋长骂道。

"你打电话催促我回来时，玛丽娅的病情已经到第三期。当时，她的身体已经出现大面积浮肿和红点，她知道自己已经无药可救，才决定……"热脑袋哽咽了，随后，他压抑着情绪说："她不想连累我们父子三人，我出门时，她在门口的面包果树上上吊自杀了。看到她吊在树杈上我急忙把她抱下来，恰巧被巴里看到，所以，他一直认为是我杀死了他的姐姐。后来，我便被他绑在那棵霸王树上。我还来不及看妻子最后一眼，她便被巴里匆匆下葬。"

东卡站起身看着外面的面包树说："即使你不说，我也能猜到原因，村子里早就风言风语说她和几个男人有染。有人说她为了钱，也有人说你是性无能。"

热脑袋苦笑一声说："对！我是性无能！很多年前，我在一次车祸后便没有了男人应有的功能。她是一个正常的女人，我不想让她守活寡，所以，她做的一切我都原谅她，我已经不再是个真正的男人。"说着，热脑袋把头转向墙角处。

东卡酋长站起身大声说："你这样做反而把她推进了火坑，过度的宽容不是真爱。如果不是你的放纵她也不会死，两个孩子更不会失去自己的母亲。放纵并不是真爱，真爱是自私的拥有。"

"说话小声点，我不想让外人知道我的妻子患上艾滋病。生前她跟着我饱尝生活的各种艰辛。现在，她已经离开了这个世界，不能让她在另一个世界依旧受到别人的非议，我要把这个秘密永远埋藏下去。" 热脑袋转过头看着东卡说："那个时候，你因为拒绝向殖民主透漏民族机密而被砍掉一只手，我为自己妻子的名誉，丢掉一条性命又算什么。"

东卡酋长拍着热脑袋说："不要扯远了！失去一只手是为了保护国家军事机密。可是，你的妻子已经去世，难道你要为一个死去的人丢掉性命嘛。幸福不在于瞬间来临的性冲动，而是能否用心打动她。相信你妻子并不是因为你的性无能，而是，你对她的冷落和漠视。"

热脑袋不住地点头说："玛丽娅在死前曾说过和你一样的话。她需要男人的关爱，更需要丈夫的呵护。自从玛丽娅被诊断出艾滋病后，我到处奔波寻找挣钱的机会，即便打扫厕所也要挣钱为她治病。为了让妻子健康的活着，又不耽误自己挣钱我只能请巴里到市内医院购买治疗艾滋病的药物。可是，没想到转给他的钱被他全部挥霍一空，耽误了玛丽娅的治疗。巴里知道我不会在众人面前说出玛丽娅患上艾滋病的事，所以，他才有恃无恐，肆无忌惮的对我进行殴打。如果我死掉，他永远不用偿还那可以救回我妻子命的一千两百兰特。"

热脑袋话语中带着无奈和愤怒。一份对巴里的信任却换来妻子的离世，也许，想要辨认清楚一个人的善与恶，金钱是最好的验证方法。热脑袋的女儿听到里面的谈话并没有径直走进去，而是把东西放在门外独自坐在附近一棵树下。看着她闷闷不乐，我走到她身边安慰她：

"你父亲和弟弟一定会好起来。"

"父亲的人生像一趟起伏跌宕的过山车，有人生辉煌的巅峰更有常人难以想象的痛苦。父亲一生有过三个女人，这两个小弟弟是他第三任妻子玛丽娅生的，我的妈妈名叫伊达莉娜·威廉是他的第一任妻子。"随后，她看着远方的落日，没有了之前耀眼的光芒，只剩下红润柔美的一面。

夺命的事故

　　热脑袋的女儿名叫露西亚，二十五岁，坎坷的生活在她的脸上打下深深的痕迹，年轻的她看上去更像三十多岁的女人。为了不打扰热脑袋和东卡，我们轻轻地把衣服、被子、食物放在门口，蹑手蹑脚来到屋边的一棵面包树下。七八月份的非洲早晚温差很大，阵阵凉风吹过让整个身体都在颤抖。旱季里，高大的面包果树树叶会掉落，十月雨季到来时才会发出嫩绿的新叶。

　　坐在面包树下我们没有对话，只是看着两个孩子在树下玩耍。玩耍的孩子已经把成人世界的争吵和怨恨忘得烟消云散，看着孩子们纯真的笑容，站在一旁的露西亚露出些许微笑。她看着两个孩子说：

　　"没有妈妈的呵护和关爱，没有母亲的帮助，我的心灵像是一片充满痛苦沙粒的荒漠。爸爸很少提起我的母亲，儿时我问起妈妈时，他总是沉默不语，长大了我也不再问让他烦心的问题。不过，曾经听东卡酋长说，母亲在爸爸丢掉官职后，离开了我和爸爸。听人说我母亲是爷爷从纳米比亚买回来的女奴隶，在我脑海里，妈妈，没有具体的形象永远只是一个符号。今天，看到爸爸为挽回后妈的名声宁可去死，才明白爸爸是个痴情有担当的男人。为了爱情和妻子的名声，他宁可丢掉自己的生命。为什么我的母亲要离开我和父亲？她只能享受富有和奢侈的生活，难道家庭的天伦之乐对她来说一文不值吗？"露西亚脸上没有一滴泪水，只有一脸的麻木、茫然、困惑和对母亲的思念。

"也许她有苦衷，总有一天她会回来找你们。"我努力找些词语安慰她。

露西亚苦笑一声："我知道……她永远不会回来找我们。母亲的爸爸是个英国人，听说外公和外婆一夜情之后生下了我的妈妈。后来，外公给妈妈留下自己在英国的地址，希望她到英国去生活。从那时起，母亲做任何事情都是为了去英国找父亲，或许，母亲嫁给爸爸也是为了寻找去英国的机会，她向往当地上流社会的生活。虽然，她生活在纳米比亚，可是，自认为是英国人的后裔，从未觉得自己是个非洲人。她离开

我已经二十多年，不知道她是否还记得我。"说着，她从口袋里掏出一张满是褶皱的照片，照片上的女人与我面前的露西亚一模一样。不过，照片背面写着一个名字：伊达莉娜·威廉。随后，她又笑着说：

"照片是我唯一可以思念母亲的东西，她是一个大美女，对吗？我的相貌是不是很像她？"说话时，她脸上露出一丝笑容。

"是啊！你们长得像一个人，本以为这张照片就是你。"我笑着说。

"我和妈妈的样貌相似，可是，命运和生活观念完全不相同。生活不停地折磨我，我却在残酷的人生中寻找快乐。我不惧怕生活的磨难，因为，以后的生活难道还会比现在更差吗？不知道未来的生活如何折磨我，可我会用乐观的心态迎接它。"

看着她脸上坚毅地表情，我随口说："你是好姑娘！"听到好姑娘三个字，她张着嘴巴大笑起来，笑得上气不接下气。笑声中包含着太多的故事，不是快乐的笑声，而是对生活的无奈。她的笑声许久才从空中消散，只留下风从远处吹过发出的飕飕声和几只绿头鹦鹉的嬉戏打闹的叫声。

"我十岁离开爸爸到城里讨生活，忍饥挨饿早已成为家常便饭，向别人讨饭已经成为习惯，根本没有任何尊严可谈。我在生存和生命面前，尊严已经变得一文不值。别人每次用异样的眼光看我，依旧会觉得很卑微。城市里的白人居住区我们不能进入，只能在宾馆、超市门口讨要食物。白人像喂狗一样把食物丢给我们，这样的生活我整整熬了五年，十五岁开始闯荡社会，坑蒙拐骗也成为家常便饭。不知道做过多少坏事，所以，我知道报应会来到，可又怕被惩罚得太重。我经常去教堂向神父忏悔，希望有一天能够得到上帝的原谅，可是，我不愿做的事情每天却又再重复上演。今天，第一次听别人说我是个好姑娘，不知道自己还算不算是个正常人……"

"罪恶总是在寻找合适它的人，拒绝罪恶才是我们做人的初衷。你已经意识到自己的问题，你还是个好姑娘。你的丈夫也会这样认为。"

听到我的话，露西亚朝着那间房子说："他不是我的丈夫，只是我认识众多男人当中的一个，与他认识几年时间，他在一家中国公司上班。他总说我是军阀的女儿，还经常奚落我…… 刚刚，你开车带我们回来的路上，如果你不提起东卡酋长，已经被我们两个打劫了……"

"打劫？"我连忙问道。

露西亚男朋友看到我们迟迟没有回来，便出来寻找我们。他快速走到我们面前冷笑着对我们说：

"你们很投缘吗？说些什么话题，我能加入你们的聊天吗？"说着，他用轻视的眼神看着自己的女朋友。露西亚并没有理睬，和弟弟们玩着跳方格的游戏。看到没有人回应自己的问题，他又笑起来问：

"难道你们有不能说的秘密？虽然，你帮助过我的岳父，但是，别想占我女人的便宜。"

年轻人的一番不着边际的高谈阔论与他清秀英俊的长相完全不相符。没有知识填充的脑壳，糟践了一副英俊的样貌。看到他的冷笑，我急忙笑着说：

"我们只是聊天，没有任何理由值得你怀疑和嫉妒。嫉妒会把你变得愚蠢，愚蠢的人容易被嫉妒控制……我不想说太多，你们赶紧回去照顾热脑袋，他需要你们的照顾。如果他愿意，等病好之后还可以回到我们公司继续工作。"

听到我的话男子转身回到屋子，露西亚也转身跟在男朋友身后离开。

★ ★ ★

夕阳西下，风吹得又冷又急。看着他们安然无恙，我朝着山下走去，距离车子几百米的地方，接到公司打来的电话。原以为公司打电话询问我的安全状况，电话接通后里面传来急促的话语：

"刘开……刘开，出大事了，马上回公司。"

"我三十分钟后到公司……"电话另一端急促地说："你赶快回来十万火急……一刻别耽误，马上回公司……"

我立即发动汽车，挂挡启步时，露西亚敲打着车窗玻璃，面带笑容说：

"能借给我一百块钱吗？我给爸爸买点吃的……谢谢啦！"

"我给他带了很多食物，不必再买了。"我快速回答。

"爸爸喜欢吃番荔枝，想给他买水果。"她说话时脸上依旧带着笑容。

看着她的笑容，我从口袋掏出仅有的一百兰特递给她。我把钱递给她的一瞬间，她却噗嗤的大笑起来："笨蛋，你真好骗！我说什么你都相信，你这么大年纪心眼却比我还少。这里有很多骗子，不要轻易上当受骗，一路平安！"

我把钱放回口袋踩下油门时，她大声对我喊道："不要让人搭顺风车，特别注意背包、挺着大肚子的女人，并不是善意就会换来善心……"

和她告别后，汽车依旧按照自己的方式在路上行驶。三十分钟后，车子抵达公司驻地。车子刚刚停稳，公司保安老张便跑过来：

"出大事啦！快去施工现场，大家都在等你。"

看到一向幽默的老张，脸上露出惶恐的表情，心中意识到事态严重。我立即带上安全帽朝着工地跑去，泥泞的路上即便是越野车也很难快速进入，步行成为工人上下班最常用的方式。抵达工地时，很多中国工人、南非工人、身穿蓝色警服的警察和迷彩服的军人都聚集在现场。

公司领导脸上写满凝重，把我拉到一旁说："今天下午，一名挖掘机司机带着三个当地工人开挖市政管道，期间几个人休息十分钟。一名当地工人躺在土堆上睡着了，等他们再次开工时，挖掘机操作手没有看

到躺在土堆背面的工人，一铲子下去把头铲掉了。等挖掘机铲子抬起来的时候才发现人头，司机已经吓得摊在地上。警察、军方商议认为这是工程事故并非是刑事案件。不过，司法程序要履行，需要到警察局做笔录，所以，这件事你全权处理。"

　　警察认定工人死亡属于工程事故，不承担刑事责任。但必须到警察局进行登记，后续听取司法部门的处理意见。说着，他们把死者的身体和头颅放在一辆东风皮卡车改装的殡葬车里驶离。警察带着挖掘机司机大林到十公里外的警察局做笔录，我跟随他们一同前往警察局。原本半

小时能完成的笔录登记工作整整用掉三个小时，警察办事员二指禅式的打字速度让我感到抓狂。

本以为警察笔录工作一结束，我们既可回公司营地，谁知挖掘机司机被转送到二十公里以外的看守所。监狱里苦不堪言的生活，让他知道安全无小事，一次粗心大意、疏忽便夺取一个鲜活的生命。每天，为身在监狱里的操作手送饭成为司机最繁重的工作：堵车、排队、说好话、求狱警，才能让他吃上一口冷饭。

事故发生的第二天，从公司登记信息中，得知去世的安东尼的家位于约翰内斯堡北部三百多公里，一个名叫波罗克瓦尼的地方。他家中的经济条件很差，年迈的老父亲身体不好。我们把这个噩耗通知安东尼的父亲，与家属达成赔偿协议。

协商完毕之后，安东尼的父亲提出要求："儿子的遗体必须回到北方波罗克瓦的老家安葬。"我们无法拒绝老人家的请求，同时决定把原本商议的赔偿金增加百分之三十，作为老人家的赡养费。

几天后，我和大兵乔·里斯前往殡仪馆，准备将安东尼的遗体装入棺木运回故乡。

抵达殡仪馆后，一名法医对我们说："尸体已经从太平间推出来，并且把头颅拼接到了身体上，还为他化了妆。"

说完，他带领着我和大兵乔·里斯走进尸体解剖室，映入眼帘的是一具具躺在冰冷铁床板上的尸体。死亡的形态各不相同，看起来像是一个尸体展览馆，看到他们的第一眼，好像我的灵魂飞出身体，四肢已经没有知觉，比起躺在铁板床上的尸体我更像是没有灵魂的机器跟在法医的身后。

眼前的画面充斥着缺胳膊少大腿的尸体，一只手或者一只脚总是出现在它们不应该出现的地方。没有头颅的身体孤零零地躺在铁床上，莫名讲述曾经可怕的故事，黑褐色的血液沾满地面。这里仿佛是人间的炼狱，没有生的希望到处充满死亡的气息。

安放尸体的箱子，同时存放着几具遗体，并叠落在一起，像市场上一层层叠加在一起的猪肉。法医说太平间资源紧缺，几个亚洲人的遗体与另外几个人共用一个柜子。在这里的太平间，亡者的尊严无从谈起。这里的尸体更像是市场里贩卖的牛羊，每个人赤裸着身体躺在冰冷的盒子里，身边躺着从未谋面的陌生人。

回公司后，站在淋浴间的我，整整花了三个小时用香皂、肥皂、沐浴露把身体从上到下彻底清洗完毕，去殡仪馆穿的衣服也被丢进垃圾桶。我不厌恶死者，而是殡仪馆对待死者的方式和态度令我反感。在他们眼中死亡代表结束，生命的结束又代表一切的终结。因而，死后的尊严也变得一文不值。我请大兵乔·里斯陪同我前往波罗克瓦尼，把安东尼的遗体带到他父亲的身边。

"刘开，公司不同意你亲自去！我们可以委托军人全权处理遗体运送。虽然，工程事故过失造成安东尼死亡，可是，当地的百姓并不知道事情的经过，你亲自前往一定会带来不可预控的风险。失去亲人的人在悲痛情绪下往往会失去理智，他们会对你发起攻击……"

"我明白！不过，我们确实给安东尼的家人造成了极大的痛苦，所以，我们不能只用钱来应付他们。他们需要关心和尊重，安东尼的父亲已经同意赔偿协议，另外公司又给了他一笔赡养费，必须把事情经过向他解释清楚，并恳求他们的原谅。"

公司领导沉默许久，他不停地摇头叹气。最后，他拍一下大腿说："好吧！不过，你做任何事情都必须在大兵的陪同下。安东尼是我们的员工，我们有责任向他的家人当面表示哀悼和慰问。你出门要注意安全，多带一些钱到当地为安东尼举行一场体面的葬礼。"

第二天，运送遗体的车辆拉着安东尼的棺椁向北方三百公里外的波罗克瓦尼市出发。一路上，我和大兵静静地坐在车上看着窗外不断变化的景致，却没有任何欣赏风景的雅兴。车子的轰隆声、轮胎摩擦地面声、当地司机的哈欠声、我和大兵的呼吸声构成车子里凝重地气氛。

三百公里的路程，检查站却多达五六个，每次检查要用二十分钟才能通行。在路上从未见到真正跑在前面的人，因为我们的前方总有人出现。车头向北，车尾向南；人心向内，人性向外。

车行驶在路上，车厢里开始弥漫一股臭味，驾驶员早已配好防臭口罩。行驶五六个小时后，车子停在一个偏远的村庄，一眼望不到边的农场映入我的眼帘。白人依旧掌管农业项目，当地人也依旧在农田里辛苦耕种。黄色向日葵、绿色的菠萝、满地的洋葱和土豆，以及挂着各类动物标志的养殖场。一九九四年取消种族隔离制度之后，当地老百姓为这个地方命名"新生活村"，寓意他们渴望得到新生活。

汽车在向日葵地之间的乡村道路上缓慢行驶，车内尸体的臭味也仿佛消散。向日葵花的芳香浸入身体的每个细胞内，车内也充满花朵的味道，沉闷的心情慢慢地变得轻快一些。

车子停稳时，十几个人立即围上来。身穿蓝色外套，头戴黑色毡帽的老者走在人群中间，两个十来岁的孩子搀扶着他。看到涌动的人群，乔·里斯立即下车站在车门旁，一路上放在车子里的AK47也紧紧地握在手里。我看到涌动的人群瞬间心率加速。我仿佛听到自己心脏每一次跳动的声音。一分钟后，我打开车门走下来，来到头带着毡帽的老先生面前紧紧地握住他的手说：

"对不起，我把您儿子带回来了！"随后，我把安东尼的遗物交到他的手里。与此同时，司机打开车门把棺木抬下来。村民们接过棺椁之后边走边跳，并用土著语高声歌唱，也许，他们在用歌声呼唤安东尼的灵魂回家。庆幸的是并没有发生当地人攻击我的情形。村子里的房子大多用泥土砖砌筑，每栋房子两个房间，通常一家几口住在里面。抵达时已经下午四点，司机建议在这里休息一晚再返回公司。夜晚出行很危险，毕竟晚上很多路段总有鬣狗、蟒蛇、豹子出现。商议后，决定在村子里住下，第二天上午为安东尼举办葬礼。我们住在一户村民的家里，房间没有床、没有被子，只有一幅草席和一张用木板拼凑的桌子，桌子上面放着一根已经燃烧殆尽的白色蜡烛。

门外安东尼的父亲眼神中透着悲凉，不过，并没有出现想象中白发人送黑发人那种世界末日般的绝望与苍凉。也许，艰难地生活已经把人性和感情磨灭殆尽，本应该出现的嚎啕大哭并没有在它应该出现的时候发生。

当天晚上，大兵和司机坚持在车上休息，我独自一个人躺在那所仅有一张席子的房间里。旱季晚上气温降到十度左右，一些人升起篝火坐在火堆旁边聊天讲故事。看到大兵乔和司机已经在车内憨憨入睡，我拿着一条毛毯披在身上，走到人群聚集的篝火旁。村子的几位长者和年轻人、孩子们围坐在篝火旁聊天，听到我的脚步声他们便停下来。年轻的小伙子朝着我喊道：

"谁在那里？"

"晚上好，打扰你们啦！我睡不着在这里走走，希望没有叨扰你们。"

"晚上好，你过来，这里有篝火能暖和一些。"一位老者说。

我急忙走到人群中坐下来，篝火把每个人的脸颊映成红色。他们一边聊天一边注意着四周的动静，常有鬣狗出没猎杀村民饲养的家畜。

白胡子老者笑着说："中国是个神秘的国度，我们不知道你们的文化和风俗。我们通过当地的广播电视台，年轻人通过网络了解你们的文化和历史。听说有很多中国人在这里工作、生活。但是，对我们来说你们是一个距离很近，却又很难了解的群体。你们喜欢生活在自己的小圈圈里，做生意也是关起门。说实话，我们对你们不了解，在路上见到所有的东方面孔的人都会叫他们中国人。年轻人你叫什么名字？什么时候到的我们国家？你喜欢这里什么，又厌恶什么？大家坐一块聊聊吧！"

话一出口，老者瞬间控制住聊天节奏。人们听到老者提题，坐在那里静静地等待我的回答。燃烧的干柴不时发出噼啪的响声，近处听到猫头鹰的叫声和鬣狗隐隐约约的吼叫声。

"我是刘开，当地的朋友和同事都叫我刘。从事基础设施建设，比如，道路、管网。我喜欢这里的人和气候。人们朴实可爱，工作起来虽然慢条斯理，不过，工作质量还不错。安东尼是公司表现比较优秀的员工。除了可爱的老百姓，还有让人神往迷人的风景：花园大道、匹林斯

堡国家公园和原生态的动物群。这里有很多让外国人留恋的地方。"

听到我的赞美他们大笑起来，为自己的国家感到自豪。突然，一个孩子站起来问道："你不喜欢我们的村子吗？我还不懂外面的世界，我爱我们的村子。这里有很多农场、养鸡场、养牛场。俺在养牛场工作，每天负责给牛吃草。"小孩子说话的样子得意洋洋。他不知道外面世界的大，才让他心中充满无比的自信。

"小霍金在牛场工作很刻苦，曾受到大老板的褒奖！不过，这里毕竟是个小地方，等你成年后会知道外面的世界多么精彩。"老者一手拨

动着燃烧的柴火，一边对着小霍金说。

"外面的世界真的那么精彩吗？我学会如何养牛，出去闯世界也会派上用场，以后不需要学习新知识就可以走遍天下。"小孩子拍着胸口说。

"小霍金，无论在任何地方都不能忘记学习，有知识和本领的人才被社会接受和尊敬。拥有知识后心中要有热爱祖国的心，无论地位高低、金钱多寡，热爱自己的家乡和祖国才是最崇高的选择。年轻时有一个人对我影响巨大，他的名字叫……"老者停顿一下，他给大家讲述了发生在自己身上的故事。

"一九六三年我刚满十九岁，英国人开始实施超高压的殖民政策。长者们向白人政府提起反对通行证法案，并私下组织抗议运动。白人警察在沙佩维尔对我们实施残暴的镇压，打死打伤两百多人。用共产主义的理论来说，哪里有压迫，哪里就会有反抗。随后，各地掀起抗议浪潮，先后有五十万工人举行罢工，很多地方的经济活动陷于瘫痪。为了控制当地民众的聚会规模，白人政府下令取缔国民大会和泛非主义者大会，并逮捕我们的同胞近两万人。那年，虽然我才刚满十九岁，但是，经常跟着他们参加一些游行集会活动，还参与一些地下活动，帮组织传送一些机密文件。那时，虽然我年纪小心中却已经知道爱国和热爱民族的意义。因为我年龄的掩护，多次为地下组织成功传递消息，避免组织成员被白人政府逮捕。每次，传递信息后看到身边的同志们安全地转移，心里都无比的激动，懂得情报工作是如此的重要。二十岁时，我已经成功为地下党和游击队传递机密信息一百零三次。"说到这里老者大笑起来，从口袋里掏出烟袋锅装上烟丝，拿起一根燃烧的木棍点燃烟丝。

"阿努尔福老大爷，以前，为什么从来没有听你讲过参加地下工作的故事？"一位中年人问道。小孩子一个个用手托着下巴等着老者继续讲故事。

阿努尔福深深地抽一口烟，看着熊熊的篝火说：

"我的故事还没有真正开始，记得二十五岁那年，身边很多年轻人站出来反对英国白人统治阶级，我和几个朋友在约翰内斯堡南部二十多公里的索韦托参加由民族主义首领组织的反对白人统治阶级的游行。为了镇压我们游行的人群，白人统治者竟然命令军警向我们手无寸铁的年轻学生开枪，我的一个朋友被警察当场枪杀。看着自己的朋友和同志们被子弹射穿身体，血液从身上喷涌而出，心里十分疼痛。但是，我没有任何的畏惧，脱下衣服为受伤的同志包扎伤口，我的面部、手臂沾满同胞的鲜血。看到身边倒下的同胞，心中无形中产生一股力量。没有武器的我们拿起石头用力砸向军警，石块落在军警的盾牌上发出叮叮当当的响声，学生的喊叫和警察们的枪声交织在一起。枪声再次响起时，我腿部中弹倒在地上，一旁的警察却步步逼近。这时，一位个头不高的年轻人，搀扶着我躲藏在一条隐蔽的胡同里。等警察和人群散开之后，年轻人把我带到他的家里。我从未见过那么大的庄园，客厅全部是大理石装饰，屋顶挂着一盏两米宽的水晶吊灯，一个栽满各种鲜花的花园和中型的跑马场坐落在屋后。"

"他的家那么大，救你的人一定是一位白人或者是荷兰人。"一个孩子大叫着打断老头的讲话。

"不！他和我们一样，是个黑人！"阿努尔福摇头说。

"如果他是个黑人，一定在白人家里做工。"一位中年男子说。

"你们都错了！救我的人和我们一样都是黑人，是庄园主人的第三个儿子。他的父亲名叫多诺万·希尔，是省议会中为数不多的黑人议员，也是开普敦大名鼎鼎的钻石商人。他为了不惊动家人和附近的白人邻居，把我藏在农场的一个粮仓里，直到伤口完全愈合才离开。为了隐藏身份，我并没有向他说实话。不过，他好像早已知道我所做的一切。为避免警察抓捕和白人举报，他把我安排到农场工作，教我驾驶农场里唯一的一台鹿牌拖拉机。在他的教导下，我很快学会驾驶，后来慢慢开始学习修理拖拉机。他没有把我看作低贱的长工，年龄相仿的我们成为好朋友，他每时每刻保护着底层黑人的生命与权力。他的父亲与他却是天壤之别，是彻头彻尾的奸商。对自己的同胞张嘴骂抬手打，用尽剥削阶级的招数，把自己的同胞贩卖到其他农场、矿山。很多工人禁不住日夜劳累死在矿山上，钻石商人每一颗钻石都沾满同胞的鲜血。看到自己父亲对身边的工人打骂，他会上前极力阻止自己的父亲不要用剥削的手段对待同胞。在很多公共场合，他曾无数次公开反对自己身为殖民主身份的父亲。他要求自己的父亲放弃殖民阶级给予的一切，并且优待身边的黑人。公开反对父亲，让他在家族中备受嘲讽。不过，因为他优秀的才能和渊博的知识，被白人殖民政府征用担任军事护卫团团长。担任白人政府高官后，他并没有改变对黑人同胞的态度，依旧在各种场合帮助那些受压迫的黑人。他无数次冒着被解职的风险，将一些参与反对殖民统治的同胞私下放出监狱。"

"哇哇哇！！！他才是我们国家的大英雄，你能告诉我们他叫什么名字吗？"孩子们大叫着问道。

"我永远不会忘记他的名字，卢安蒂诺·希尔。他二十七岁时，家里来了一位名叫伊达莉娜的姑娘，后来得知这个女人是卢安蒂诺的父亲从纳米比亚花了五百块买回来的。卢安蒂诺要求父亲还给她自由，并责备父亲买卖人口的行为。在卢安蒂诺的百般要求下，最终，伊达莉娜得到自由。不过，为感谢卢安蒂诺，伊达莉娜自愿留在那里工作。日久天长，产生感情。不久后，他们筹备婚礼，要知道那时钻石商人的儿子迎娶一个女奴隶是多大的新闻。婚礼当天，伊达莉娜和卢安蒂诺穿着华丽的服饰举行婚礼。婚后不久，他们夫妻之间发生很大的变化，妻子每天混迹在上层白人交际圈里。夜夜笙歌，舞会应接不暇，身上每天散发着各种酒精、香水混合的味道。当初，那个被卖到农场的女人变成了贵妇人，她变得骄奢淫逸。

有一次，我们组织一次大规模的反对殖民统治游行，卢安蒂诺极力保护地下组织卢安蒂诺和地下组织。沟通过程中不小心被伊达莉娜听到，她把事情告诉卢安蒂诺的父亲。得知自己的儿子与地下组织有关，愤怒的多诺万·希尔把事情通告市政府。随后，市长和警察总长带队把地下组织全部抓获，卢安蒂诺被革除团长一职。很多地下组织成员被抓，十几个同志被杀死在监狱内。一些地下组织成员责怪卢安蒂诺，很多人甚至开始憎恨他，一部分人策划对他进行报复。一九八三年的一天晚上，地下组织的一伙人冲进卢安蒂诺的家，当他们发现卢安蒂诺家中大量的财物时临时起义，打断多万诺·希尔的一条腿，并把他家中的财物掠夺一空。后来。多诺万·希尔宣布和自己的三儿子卢安蒂诺·希尔断绝父子关系，责骂他是一个'热脑袋'，并大骂他是没有家族亲情的蠢货。从此以后，卢安蒂诺拥有了热脑袋的绰号。从那时起，他把贬低自己的绰号当作真实的名字，时刻提醒宁可舍去奢华的生活，也不能忘记民族和国家利益。"阿努尔福老汉讲完他的故事，在场的人却听得意犹未尽。他们纷纷举手说：

"后来，卢安蒂诺怎么样了？"

"不对，应该说热脑袋后来怎么样啦？"听到热脑袋这个名字在场的人都笑起来。只有我和阿努尔福脸上没有任何笑容。

"卢安蒂诺被家族驱逐，他再也没有和家人联系。一切都是我的错，如果我不把他拉入地下组织，他也不会和家人产生冲突。"说着老头陷入沉思，悔恨和遗憾深深地扎在骨子里，不经意间便会占据我们的身体。

阿努尔福老头沉默了，在场的人已经习惯了他的沉默。大家看着无语的老头，开始谈论他们自己感兴趣的话题。

"按照老大爷的话，热脑袋是被地下组织自己人迫害，可是，卢安蒂诺帮他们完成地下任务，并躲过无数次的抓捕，他们却在金钱面前倒下。"一位年轻人说。

"热脑袋是大笨蛋，轻易相信那些人！"

"是他太善良！为了做一个幸福的人，我们都应该多做善事。善良的人会把生活的阴霾变成光明。"

"哈哈哈！！！依我看是他太傻！"

大家听到热脑袋的事迹后，有的替他惋惜有的哈哈大笑。也许，他真的太傻，或者是他太爱自己的同胞和民族。

"你们说的这个傻子，也许，我认识他。现在，他不再是什么富家大少，更不是人们口中所说的高官，而是一个普通的工人。"听到我的话，他们聚精会神地注视着我，并期盼着我继续讲下去。但是，我没有勇气继续说正在受痛苦生活煎熬的热脑袋，随后，我便起身离开了篝火现场。

人们聊天的欢笑声、篝火干柴的燃烧声、远处鬣狗的犬吠声和近处猫头鹰的咕咕声绘成一幅夜晚的风景，这便是非洲旱季寒冷夜晚的声音。

★ ★ ★

第二天清晨，寒冷把我从梦中叫醒。旱季的清晨，最高温度只有八九度，空气中散发着露水的潮湿味道。村子里一些人家升起炊烟，打开房门一股泥土和向日葵花的香气扑面而来。从屋外的水井里打水洗脸，冰凉的井水让有些睡意的我瞬间清醒。穿上一件夹克衫在村子的主路上散步，不知不觉走到附近的农场旁。早上六点钟，已经有工人在田地里忙碌工作，每个人身上穿着在冬天才看得到的羽绒服。厚重的衣服和工人缓慢的动作，以及空旷的田野勾勒出一幅美妙的影像。仿佛整个世界都定格在那里，只有我独自游走在时间的边缘，仔细观察着身边发生的一切。

我独自走在乡间路上，没有任何危险，大早上饿肚子却成了头疼事。在村口和农场之间转悠一个小时，没有看到一家商店或餐馆。我的肚子早已打鼓抗议。向村子中心走去，也许，在那会找到买食品的商店。饥饿感催促着我的双腿，快速在村子里寻找着可以吃的东西。正当我四处寻找时，一位中年大妈头顶着盆子走过来，盆子里面装着炸香蕉干、面包和炒熟的花生米，她边走边高声叫卖。

　　"你好，麻烦给我一些香蕉干和花生米。"中年妇女听到我的话并没有停住脚步，而是径直往农场走去。看她没有停住脚步，我立即跑到她面前说：

　　"你好，麻烦卖给我一些香蕉干和花生米，我的肚子已经快要饿扁了。"我站在中年妇女面前笑着说。

　　"滚开！你们没有一个好东西，我不会卖任何东西给你。马上滚出我们的村子，不要再让我看到你。"中年妇女的脸上带着一种莫名的愤怒。

　　听到她的话，我原本美丽的心情一瞬间烟消云散。刚刚，我心中充斥着美丽的向日葵，一瞬间变成一头长耳毛驴。我被中年妇女激动的言语惊呆了，站在原地不能言语。原本饥饿的感觉也跟着中年妇女激烈的言词消失殆尽。

正当我站在原地发愣时，一个人从身后拍着我的肩膀说：

"嘿！你起床很早啊！我以为只有像我这样年纪的老头睡不着，原来你也喜欢早睡早起。"我转身发现原来是昨晚讲故事的阿努尔福先生。

"早上好，阿努尔福大叔，这么早去农场吗？我被寒冷的天气冻醒，肚子很饿在找商店买些吃的。"

"哦！小贩罗莎刚从这里经过，为什么你不向她买点东西吃？"

"我向她买东西，不知道为什么她却把我骂得狗血喷头。难道我的问候方法不对，违反当地的村规民约，还是外国人不能和当地女人说话？或许，是我距离她太近的原因，还是她根本不愿意把东西卖给我？"

听到我的问题，阿努尔福哈哈大笑起来，笑声传遍整条大街，他爽朗的笑声把我搞懵了。

一大早的，中年妇女的臭骂和阿努尔福老汉的哈哈大笑让我丈二和尚摸不着头脑。看他一直在大笑，我心中有些不快，没有继续和他对话便要离开。看到我离开，老头急忙拉住我的胳膊说：

"别走啊，我带你去农场餐厅里吃点早餐，一边吃一边给你解释罗莎为什么对你生气。"说着，老汉带着我往农场方向走去。一刻钟的时间，我们来到那家名为"向日葵"的农场，老板是一位土生土长的南非白人，农场的装扮也充斥英伦文化。清晨的餐厅里熙熙攘攘，我们拿着鸡蛋三明治和牛奶坐在餐厅角落。

老头的脸上依旧带着笑容说："罗莎是个有名的女人，年轻时长相十分出众，附近农场很多男人拜倒在她的石榴裙下。不过，她励志要嫁给白人，而且，梦想着到大城市约翰内斯堡生活。嫁给白人成了她生活的目标和唯一的追求。很多的优秀男人因为肤色倒在求爱的路上，而白皮肤的男人却在罗莎的生活里不停地更换，只有白色皮肤却没有留下任何结果。"阿努尔福停下来吃一口鸡蛋三明治，大口喝下一杯牛奶。随后用手擦一下嘴巴说：

"梦想遥不可及，现实猝不及防。罗莎生活不如意，本想用美丽的脸蛋和身躯得到幸福生活，最终，却换来一个不知道父亲名字的女儿。她二十六岁那年和白人生下一个女儿，混血的女儿比她美丽百倍。从小到大，她把女儿当做小公主养活，漂亮的衣服、可口的食物从来不会缺少。看到自己的漂亮女儿，罗莎把自己年轻时嫁给白人的愿望放在女儿身上。罗莎的女儿名叫尼芙，名字寓意是冰雪。尼芙是个聪明伶俐的小姑娘，加上秀美的五官不管任何人看到都会停下脚步多看几眼。聪明的头脑和美丽的外貌让很多白人对她趋之若鹜，一些英国和荷兰农场主纷纷前来向她邀约。聪明的尼芙从母亲身上吸取教训，她只收礼物从不与白人纨绔子弟外出过夜。几年下来，用礼物换取的金钱建造了一座很大的房子。后来，那些追求爱情的白人变得焦躁起来，开始用手段逼迫尼芙回到他们身边。附近农场的白人管理员爱上尼芙，追求数年也没有得手。一天晚上，尼芙按照往常下班，在距离农场一公里的地方她被几个劫匪绑架，唯恐被发现他们的真实身份，绑匪们都带着头套。几名劫匪把尼芙拉到附近的向日葵地，紧紧地把她按在地上实施强暴。没有能力反抗的尼芙只能大声拼命呼救。"说到这里，阿努尔福停下来咬了一口三明治。

听到他的长篇大论，我心里有些不耐烦地问道："阿努尔福大叔，听您讲这么多故事，并没有发现任何关于罗莎对我不友善的原因，你忘记了我提出的问题，为什么她那么厌恶我？也许，我想要的信息你这里根本没有。"

"别着急，你听我继续说。"他一边吃，一边笑着说。

"我还要去参加安东尼的葬礼，他的家人已经开始做准备啦。"

"别担心，这里的葬礼习俗是下午一点钟下葬。我说的事情跟你和你们中国人有莫大的关系。"老头的脸上露出难以琢磨的表情。

"尼芙回家的路上遭遇几个抢匪的劫持，听尼芙回忆说抢匪并没有向她索要金钱，主要目的是强暴她。惊恐的尼芙大声呼喊救命，一名中国人经过事发地，掏出手枪朝着天空开了几枪，抢匪们听到枪声立即提起裤子撒腿就跑，其中一名抢匪逃跑时忘记带走印有他们公司标志的衣服。有了中国小伙子的帮助，抢匪并没有得逞，罗莎害怕事情传出影响女儿的声誉，所以，隐瞒尼芙险遭强奸的事情。从那天起，漂亮的尼芙便爱上了救她的中国小伙子。小伙子叫方明，是一位农业技师。他从中国到这里参与一个农业调研项目，小伙子长相英俊并精通英语和祖鲁语，谈吐幽默。在人多的场合，他总能用自己幽默的话语逗得大家前仰后合，开朗的性格更加让尼芙对他爱慕有加。罗莎得知女儿看上方明之后对女儿连说带骂，坚决不同意尼芙嫁给方明。罗莎找到方明所在农场向领导举报，状告方明诱骗自己女儿。农场管理层对罗莎的投诉感到无奈，表示没有权利干涉方明恋爱。罗莎投诉无门，便花钱雇佣几个打手在方明上下班必经之地对他进行恐吓和殴打。一个星期几次的恐吓和殴打，让方明仿佛习惯了这样的生活。夜晚时分，趁罗莎不注意尼芙溜出家门和方明约会，两个人牵手在农场的向日葵地里卿卿我我。日久天长，大家发现漂亮的尼芙肚子微微地隆起，直到怀孕的第四个月，罗莎才发现端倪。最终，罗莎哭着接受女儿和中国人在一起的现实。几个月后，他们的孩子出生了，小夫妻对混血小宝贝十分喜爱。孩子出生后一年，方明离开所在的农场，从此便杳无音信。后来，听农场人说方明在中国已有家室。得知真相的罗莎，在所有农场找寻方明的信息，只要有亚洲人的农场，她便会亲自到那里确认。久而久之，只要听到中国人三个字罗莎便会破口大骂。找不到方明，尼芙只能嫁给一个普通农民，并和他一起抚养长着东方面孔的孩子。现在你该明白，罗莎为什么不喜欢中国人了吗？"

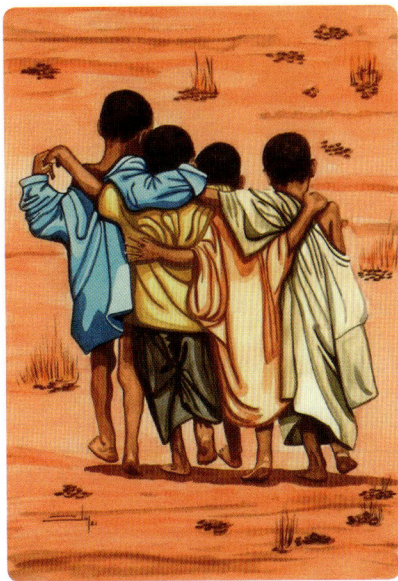

"原来如此，一切都是方明的错，不过，这样的事情我还是第一次听说。可是，一个中国人的过错不能怪罪所有中国人。"

"与尼芙同样遭遇的女人还有一个，因为，这些孩子与当地孩子长相不同而备受歧视，他们的日子不轻松。学校里其他的同学都会叫他们中国人。他们身上的确流淌着中国人的血液。"听到老头讥笑又略带严肃的话语，我不知道该怎么回答他。成年人的错误，却让年幼的孩子们来承担。某些中国人的随性，使得中国人被污名化。

听着关于中国人的故事，嘴巴里的早餐已经没有任何味道。回想起罗莎看我的眼神，感受到她内心对方明的憎恨。

★ ★ ★

吃完早餐已经是上午九点钟，我往安东尼葬礼现场走去。在这个名叫"新生活"的村子大约两百户人家。村子里所有的人都在农场工作，无论成年人还是年幼的孩子。一些孩子没有选择上学，而是在家里帮助父母收割庄稼赚钱。

葬礼当天，很多人聚集在农场附近的教堂门前。教堂被称为"圣母无原罪大教堂"，里面可以同时容纳两百人做礼拜。教堂附近有一片属于"新生活"村民的公墓，安东尼的遗体也将安葬在那里。

大兵乔·里斯把当地风俗和葬礼的环节告诉我，他说当地盛行喜丧，人们不会在逝者下葬的时候哭天喊地，更不会让身边的亲人看到自己流

泪，葬礼过后给大家准备丰盛的宴席。安东尼的父亲依旧戴着那顶黑色毡帽，满脸悲伤的表情描述着他的内心世界。看到我们靠近，他看着眼前的棺椁说：

"我的小儿子很少在家里，他没有上过学，一直在外依靠体力劳动拼搏。虽然，他没有给家里邮寄过太多钱，也从未给家里添任何麻烦。他母亲离开时曾叮嘱我，我们亏欠安东尼太多，一定要给他找个好媳妇结婚生子。"

"安东尼是您的好儿子，也是我们好员工。出事那天他发烧，工长让他在宿舍休息，他却坚持工作。工作小憩时，他躺在土堆上不知不觉睡着了，后来，便发生恶性的安全事故。希望您能原谅这一切。"

老先生双手捂着头说："我在神父面前已经无数次的忏悔，今天安东尼的离开是对我和妻子的惩罚，我们给他的都太少。"

"如果安东尼知道你们这么爱他，一定会很幸福。孩子永远不会与父母争长短，生活总是在幸福和苦难之间徘徊，靠近苦难也意味着幸福的来临。你要好好照顾自己，让他们看到你如何乐观面对生活。"我安慰的话语有些不着边际，根本不知道如何安慰一个失去儿子的老人。我在屋内安慰着安东尼父亲，操办葬礼的人们进进出出忙里忙外。

安东尼的遗体停放在教堂附近的小殡仪馆，里面摆放着数不清的花朵。后来，大家把他的遗体抬到教堂门前的广场上。大家穿着传统的服饰，或者身穿颇有当地特色的草裙出现在葬礼现场。

中午时分，很多村民自发组织起来围着棺椁不停地转圈。走在队伍最前面的人正是安东尼的父亲，头上没有戴黑色毡帽，手中却多一个用木棍制成的十字架。让我吃惊的是葬礼现场听不到任何哭声，只有人们欢快的歌唱和欢声笑语。三三两两的人群聚集在一起聊天，他们的话题都集中在逝者安东尼的身上。

"谁能想到安东尼这么年轻死于非命，从小离家出门打拼，没想到再次回来却是冰冷的尸体。"

"是啊！外面的世界很危险，我们还是安稳的在农场里工作吧。"

"外面挣高工资又能怎么样？现在连命都保不住啦。"

"听说，安东尼被挖掘机砍掉了脑袋，医生用胶带把头和身子黏在一起，又用银色锡纸包扎起来。"人们的议论声跟随风的步伐传入我的耳朵。

"天啊！那个场面简直不敢想象！不过，你怎么知道他的脑袋是黏在身体上，还用银色锡纸包起来，难道当时你在场？"

"我曾经处理过类似的事情，听说中国公司赔偿给安东尼家人一笔巨款。以后，安东尼父亲可以安度晚年！"

"巨款？中国公司赔偿给他多少钱？"

"根据我的经验，应该在十万兰特左右，这笔钱足够老头子安稳过上几年。"男人煞有介事地回答。

"哎呀，他命苦啊！几年前，他三闺女被人脱光衣服杀死在村口的向日葵地里，现在凶手还没有落网，最小的儿子又遭遇事故，他的命运太悲惨了。"

六年前，安东尼年仅二十九岁的三姐努丽娅被匪徒杀死在向日葵地。在附近的农场餐厅里当保洁的她长相平平，不过，身材却出奇的好。一些到试婚年龄的男青年对她发起追求攻势，毕竟在男性居多的农场里单身女人成了难求的宝贝。每天用餐时间，很多男人会故意放慢用餐的速度和她聊天打趣。只要努丽娅在餐厅工作，很多男青年会用中午所有的休息时间坐在餐厅里寻找和努丽娅聊天的机会。他们也会想尽招数逗乐努丽娅。只有花言巧语的男人才能迅速俘获女人的心，努丽娅和其他女人一样，爱上了花言巧语会看女人脸色行事的男人。恋爱时两个人如胶似漆，无论到哪里都可以看到他们情意绵绵的影子。他们喜欢在公共场合秀恩爱、撒狗粮，是一对爱炫耀的青年人，对于依旧单身的男人来说憋得实在难受。不过，秀恩爱死得快，两个人的关系转折速度惊人，正当他们爱得比蜜甜时传出分手的消息。男子听身边工友说努丽娅在餐厅里与其他男人打情骂俏另觅新欢。传言说努丽娅晚上总是独自出门偷偷摸摸和一个戴帽子的男人独自幽会，有时男人还会给她钱。所发生的一切都是工友亲眼所见。

男友对于努丽娅的流言蜚语没有进行任何求证，因爱生恨的男子开始疏远自己的女朋友，并在公开场合造谣努丽娅在外面和其他男人有染，诋毁她是个不知廉耻的淫娃荡妇。努丽娅向男朋友解释说一切都是误会。她晚上八点钟出门是给自己的哥哥送饭，所以，晚上出门送饭并不是什么见不得人的事情。努丽娅的解释没有任何作用，他提出分手。两个人分手的第二天中午，人们在附近的向日葵地里发现努丽娅的遗体。与此同时，他的男朋友也在那天消失，再也没有回到这里。葬礼上，从人们被解放的嘴巴里可以听到关于努丽娅不同版本的故事。

"哦哦哦！！！加油努力……抬起来……"

一转眼的工夫，很多年轻人把安东尼的棺木高高地举过头顶。大家的脸上带着笑容边唱边跳，葬礼的气氛十分喜庆。安东尼的离开并没有给人们带来痛苦和伤感，而为他上天堂感到喜悦和高兴。

现场的人们高高地把棺木放在肩膀上，向着村口的向日葵田里走去。安东尼的父亲举着十字架走在队伍前面，帮儿子引领回家的路。人们抬着安东尼的棺椁在道路上欢快地走着，他们边走边跳口中大声唱着当地土著语歌谣。原本悲伤的葬礼，成了所有人高歌、跳舞的派对。

我和乔·里斯跟随着送葬队伍绕着农场的道路前行。身穿黑色衣服的送葬人群行走在农场之间的每条道路上，人们在黄颜色向日葵地、绿色西瓜地、大片香蕉林之间不停穿梭。路上遇到葬礼的人会放下手中的工作加入到队伍里，即使背着满满一袋玉米的老农，也会把袋子放在路边加入到葬礼队伍中。人们的朴实和淳朴，让附近农场里不缺少能干农活的工人。

午后一点钟，太阳懒洋洋的从云彩背后露出火红的脸。突然，一股旋风从送葬队伍的后面吹到队伍的前面。风吹过，植物猛烈地摆动，人们身上的衣服也在风中不停地飘动。瞬间，感觉到自己后背发凉，整个人也有些僵硬。看到诡异的旋风，人们停在马路中间开始对吹过的旋风破口大骂。每个人都在用自己的方式对着旋风进行咒骂。队伍中的一个年轻女人，解开披在身上的一件披风在空中挥洒着说：

"哪里吹来的阴风鬼火，安东尼是个好孩子，上天堂的人怎么被无耻的恶鬼拉进地狱。你们这些怨鬼赶紧滚开，不然，让你们灰飞烟灭。"

另一个老妇人哀求道："怨鬼们，请回去吧，求你们放过躺在棺木中的安东尼，求求你们……"

旋风吹过，安东尼的父亲立即把手中的十字架高高地举过头顶，并且口中大喊道："尊敬的天父请指引我的孩子，指引他脱离苦难，阿门！"

"阿门……阿门……阿门！！！"一旁的人们异口同声说道。

等待着旋风离开人群的队伍，直至消失在远方，人们才重新继续送葬。半个小时后，人们围绕着农场向教堂的方向前行，大家口中唱着宗教的圣歌，歌颂神灵歌颂大地，求天主保佑安东尼上天堂。附近农场的工人听到人们的歌声，不约而同地停下手中的工作双手合十进行祈祷。过了不久，送行队伍重新回到起点。人家把棺木停放在教堂附近的公墓门口，安东尼的家人扶着棺木抵到墓穴。一个用红色砖头砌筑的墓室，上面用几块石板覆盖起来，黑色大理石上刻着逝者的全名。安东尼入葬时，带着毡帽的老父亲在众人的搀扶下注视着棺木缓慢下葬。他的两只眼睛红得像两颗火球，双手也在不住地颤抖。原本没有泪水的葬礼，在看到儿子被缓慢放入冰冷的墓穴时，老先生双手捂着脸大声哭喊起来。

老人的哭声瞬间把葬礼现场带入悲惨的世界。看到老头悲伤的哭泣一些妇女抽泣起来，被人们世代传颂的风俗，却挡不住亲情的真实流露。

遗体下葬之后，人们陆续聚集在安东尼的家中。这里为参加葬礼的人们准备了丰盛的食物：香肠、鱼汤、炖牛肉、蔬菜汤；还有当地的小吃烤花生、烤香蕉、木薯干。饥饿的肚子在美食面前低下高贵的头，扭曲的肠胃在口水的勾引下变得饥肠辘辘。用餐过后，大家帮助安东尼的父亲收拾残局，一个小时后一切整理停当。人们陆续回家或者到农场继续工作，原本热闹的庭院，立即陷入死一般的沉寂。只有风不停地吹着金合欢树，红色花朵在风中散发一股香气。

大兵乔·里斯和司机在门外，我走到安东尼父亲的身边看着他，没有过多安慰的词语，失去至亲任何的安慰都是徒劳。希望年迈的老先生能够好好面对未来的生活。

老先生看了我一眼低下头说："走吧，谢谢你们把我儿子送回来。"他站起身独自回到那间泥砖建成的屋子里，我站在外面看着他走进房间，在木板定制的房门关上的那一刻，屋内传出老头嘤嘤的哭泣声。他努力压抑着自己的情绪，不让站在门外的我听到他内心的痛。

听到屋内的声音，站在门外的我大声说道：

"老先生，您保重身体！"转身离开，正当我转身离开院子时，屋内传出老先生的声音："谢谢！"

离开了充满悲伤气息的院子，我的两腿依然沉重。

三个孩子

　　我朝着汽车的方向走去，与大兵乔·里斯和司机汇合。刚刚走出门口，面前站着一个五岁左右的小男孩。他一副东方人的面容，立即让我想起阿努尔福老头说起的中国血统的孩子，他站在我的面前没有说话只是直勾勾地看着我。他从口袋里掏出一个已经有些破烂的镜子仔细看着镜子中的自己，随后，再仔细打量着我。看着孩子有趣的样子，我笑着对他说：

　　"小朋友，你有事情吗？"他没有回答，而是继续拿着手中的镜子仔细端详，他一边看一边小声说着什么。

　　"小朋友，你找我有事吗？如果你不说话，我就要走啦。"我再一次问道。

　　他继续拿着手中的镜子看看自己，随后，上下打量着站在他面前的我。他的样子让我感觉自己像动物园笼子里的动物，他像站在笼子外面欣赏着我的游客。看到孩子不说话，我朝着车子的方向走去。

　　"我不是中国人的孩子，我们长得不一样。他们说我的爸爸是中国人，如果，我爸爸真的是中国人，我们一定长得很像。"随后，他看着镜子里的自己说："我有一头卷发而你没有，我的眼睛很圆，你的眼睛

是长的，我不是中国人的孩子。以后，他们嘲笑我时，我可以告诉他们我的爸爸不是中国人。因为，我和中国人长得不像。"说着，孩子的脸上露出高兴的笑容，随后，又深深地低下头。

"小朋友，你好。你妈妈是不是叫尼芙？我听村子里人讲过你妈妈的故事。"

小孩子抬起头惊奇地看着我问道："你怎么认识我的妈妈？你是我爸爸吗？"我急忙摇头。

"你认识我的爸爸吗？妈妈说我出生后不久他就离开了这里，再也没有回来。"

我依旧摇摇头，我的回答让他非常失望，他继续拿着手中的镜子说："没关系，我已经知道。我们长相不一样，所以，我的爸爸不是中国人，我不想继续被同伴嘲笑。"

"小朋友，别担心。你爸爸有一天一定会回来看你。"这句从心底里不真实的话，我却在一个天真的孩子面前说了出来。我不知道也不可能知道，他那个名叫方明的父亲是否会回来看他。我对他说出来的希望，瞬间却在自己心中变成绝望。

"不！他不会回来，我不想成为中国人的孩子。我只想做个真正的非洲孩子，不想被同伴们永远嘲笑。现在，我已经有自己的爸爸，他爱我，我也爱他。"

小孩子成熟的话让我无法应答，也不知道该如何回答他。我呆呆地站在原地，孩子又开始拿着手中的镜子仔细观察。大约两分钟后，他把镜子装进口袋里，转身朝着学校的方向跑去。

他跑出一百米后，停下来对我大喊道：

"如果你见到我爸爸，告诉他我想他。"说完，孩子疯狂地跑着离开了。

看着孩子离去的身影，心中有些五味杂陈。我朝着他奔跑的方向快步走去，站在不远处看到一群孩子围着他大声喊："小中国，你找到爸爸了吗？那个人是你爸爸吗？"

小孩子大笑着说："那个中国人不是我的爸爸，我用镜

子看过，我和他根本不一样！我有卷卷的头发、圆圆的眼睛，他都没有！以后，你们不要再叫我小中国，我和你们一样是非洲孩子。"

其他孩子看着他认真的样子大笑起来："哈哈哈！你和我们长得不一样！我们是黑皮肤，你的黄皮肤和我们不一样！"

不知该如何辩解的男孩说出一句让人意想不到的话："虽然我们皮肤不同，可我们都是南非人。"在场的孩子们听到尼芙儿子的话，不约而同地点头。穿着白色校服的大孩子拍着他的肩膀说："我的爸爸是阿拉伯人，妈妈是南非人，可我生在这里，所以我也是南非人。我们不能用肤色和长相区分自己的好朋友。"

"对啊！他用镜子和中国人对比过，他和中国人并不像，所以，他不是中国人。"小男孩的另一个小伙伴说，身边的其他小伙伴也笑着点头。

尼芙的儿子终于在伙伴中间得到认同，伙伴的嘲笑也许不会再发生。看着快乐的孩子，我站在墙角处大声地呼喊着他们：

"嘿！孩子们，要不要吃糖果？"

生长在农场里的孩子们很难抵抗糖果的诱惑，听到糖果两个字他们带领我来到学校门口的一家商店，老板是印度人。他看到孩子们带着我走进来便起身问道：

"刘，需要买些什么？"

"你怎么知道我的名字？"

老板笑着说："昨天晚上我们在篝火旁一起聊天。天色黑，你可能没有看到我。你需要买点什么？"

"想给孩子们买些糖果，让他们带一些给自己的同学和朋友。"说完，我从口袋里拿出二十块钱放在商店柜台上便离开了。

商店老板在我身后喊道："好的！二十块钱可以买三大包糖果！"

我朝着大兵乔·里斯和司机所在农场路边走去，很巧他们正开着车到处找我。大兵乔·里斯对我的独自行事感到非常焦急。他说自己有责任保护我的安全。我告诉他在城市任何地方都有可能被抢劫、绑架，可是，在这里绝对不会。车子发动，刚刚和我分开的孩子带领一个人朝着我们跑过来。他们用力大声喊道：

"等等，阿努尔福老爷爷找你们。"老头子气喘吁吁地来到车前，用力挥手让我们停车。司机急忙踩下刹车，老头把我拉到四下无人的地方小声说：

"请你帮个忙！回到约翰内斯堡麻烦你把这件军服带给我的老朋友卢安蒂诺·希尔。这件衣服是从事民主运动时他送给我的，几十年了，我一直没扔，这辈子亏欠他的太多，希望他能原谅我。这里有个紫檀木的烟袋锅把它送给你，请你好好照顾我的老朋友卢安蒂诺。我们这辈子也许没有再见面的机会，希望他还记得我。"

带着一件有二十年历史的军服和一个烟袋锅的我上了车，车子再次发动准备往约翰内斯堡行驶。孩子们手中拿着各种各样的糖果，嘴巴里也含着棒棒糖。车子发动时他们跟着车子奔跑，挥手大声喊道：

"中国人，再见！"打开车窗我朝着他们挥手告别。车子开始正常速度在路上行驶，突然发现来的时候车子上四个人，现在返回还是四个人，难道是我看见鬼了，想到这我身上吓出一身冷汗。我小声对大兵乔说：

"你看到车上有四个人？为什么来时四个，现在回去还是四个人？是不是我见鬼了？"听到我的话，大兵乔哈哈大笑起来。他莫名的笑声让我觉得诧异，他笑着说：

"什么鬼？那是个大活人！刚刚在村子里有个年轻人想要搭顺风车，现在，他躺在担架上休息一会儿，你怎么还把他当成鬼！"

司机听到大兵的话也笑起来。两个人爽朗的笑声把躺在担架上休息的年轻人吵醒。他脸上带着不知所措的神情看着我们，看着他迷茫的样子我也禁不住笑起来。

★ ★ ★

回程的路上四个人之间多了一些欢笑，大兵乔幽默的笑话让车子里充满笑声。不过，在车子上"见鬼"的事情，依旧成为他们的笑柄。

在美丽的乡村道路上缓慢行驶，我们每个人都想多欣赏下这个美丽的地方，在我欣赏窗外美景时电话响起来。

"请问是刘开先生吗？这里是警察局，关于中国籍公民贾富贵的事情，我们警察局、司法部门想聘请你担任临时翻译。在处理贾富贵的案件过程中，我们遇到不少麻烦，希望你能给予我们必要的帮助。未来，警民合作还需要你参与。"

对于公益事业年轻人责无旁贷，我答应了警察的请求。告诉警察我正身处约翰内斯堡北部二百多公里的地方，回到公司需要一天时间。抵达后，会到所属警察局与检察官进行沟通。

车子在路上行驶，前天晚上几乎没有睡觉的我在车上昏睡了五六个小时。等我醒来时发现已经抵到约翰内斯堡，回到公司我把发生的事情向领导汇报，随后，又回到宿舍继续卧床酣睡。直到第二天上午八点钟才从床上爬起来。领导为犒劳我，让厨房为大家加餐，算是给这个安全事故划上一个句号。

对于半自由职业的我来说，处理问题成为我主要的工作内容。第二天，开车抵达处理贾富贵案件的警察局。一名刑事调查科警员和一位检察官接待了我，距离案发已经过去几个星期的时间，但是，案件依旧没有任何进展。涉嫌谋杀的犯罪嫌疑人路易斯·莫奈依旧没有归案，死者的工人仍在羁押当中。经过审问他们都矢口否认参与犯罪，并指认路易斯·莫奈有实施抢劫、谋杀的嫌疑。

刑事调查科的警员笑着说：

"他们的表现在我们意料之中，几名工人是否参与抢劫后续再进行探讨。令我们不解的是在搜查整理贾富贵随身遗物时，发现几张写满中国字的纸。纸张上的文字我已经请几名曾经在中国留学的学生帮助翻译，但是，他们都说文字过于潦草看不懂书写的内容。"

警员从档案袋中拿出几张纸，上面密密麻麻地写着中文字。我接过信件看着上面的内容，原来这是一份离婚请求书和一封遗书。

离婚请求书

我名叫贾富贵，中国籍公民，现年五十二岁。八年前我和三十二岁南非籍公民美杜莎结婚，婚后生育三个孩子。但是，在此我羞于向大家说明上述三个孩子均与我没有任何的血缘关系，我也并非是三个孩子生理学上的父亲。

一九九六年我从中国抵到南非开普敦从事建筑工程行业。同年七月我与另外两名同事外出采购餐食，汽车快速行驶在高速路上，不料汽车右前轮爆胎，皮卡车在路上翻滚，跌入路边的臭水沟。负责开车的我成为此次事故的唯一幸存者，我们被经过的路人送往就近的医院进行治疗，我眼睁睁地看着两名同事在送往医院的路上停止呼吸。在医院里，医生说事故造成我的两颗睾丸破裂，失去再生精子的功能。未来，我已经不可能拥有自己的孩子。事故发生后，我从原来公司离职来到约翰内斯堡打拼，并在八年前认识了美杜莎。从那一年开始，我把自己交给耶稣基督皈依天主教，每个星期天无论多么忙都会到教堂里做礼拜。原本年龄不相符的我们，在我自己一次酒后失德的情况下与她发生性关系，她愿意和我这个英语都讲不通的人结婚。那一年，我四十四岁，她才刚刚二十六岁。当时，我有一己私心和她结婚是为了办理居留绿卡，所以，在明知道国内有妻子的情况下和美杜莎在约翰内斯堡当地民政局登记结婚。结婚后不久，我在当地租赁房屋招聘工人，成立一家空调安装公司。随后，因为中国人大量涌入南非，我们空调安装和建筑公司的事业发展如火如荼，前些年挣到第一桶金。我和美杜莎老夫少妻的关系也让很多当地人或者中国人感到吃惊。对于小媳妇的照顾和宠爱我更加用心，婚后不久她便提出来想要一个孩子，出于男人的羞愧感和尊严我没有把失去生育能力的事情告诉她。

对小媳妇的要求，我只能支支吾吾敷衍。没想到结婚半年后的某一天下午美杜莎拿着一张验孕单兴冲冲地回到家。她紧紧地抱住我的脖子说自己怀孕了，而且已经有两个月的时间。对于突如其来的惊喜，我没有一丝的喜悦，甚至莫名的带上一顶绿帽子。为了夫妻之间的和睦我选择隐忍，甚至，我幻想自己的病治愈了，重新获得了制造精子的能力。

九个月后，一个体重八斤带着东方面孔的混血小宝宝出生了。看到孩子和我同样的东方面孔我忍不住激动地流下眼泪，孩子出现在我面前时我心中已经认定他是我的孩子。大儿子出生后的第二年，二儿子也出生了。有一次，在我的大儿子从幼儿园滑梯上摔下来造成出血，送到医院后要求家属输血。作为父亲的我主动站出来献血，医生却说我和大儿子的血型不匹配，并非生理学遗传基因。听到医生的说法，才明白我原来一直在欺骗自己。医院从血库调来符合的血浆为孩子进行治疗。

那天之后，我依旧装作不知道所发生的一切。毕竟是自己的原因造成，不应该责怪美杜莎。我们同心协力为生活奔波，我在外面做事业挣钱，美杜莎在家里照顾两个孩子。本以为我们的生活可以这样平静地继续下去，但是，在几个月前那个属于"我们"的第三个孩子出生了。我甚至不知道孩子的父亲叫什么名字，唯一的相似之处他同样是中国人。今天，我把自己羞于开口的话用文字写出来，请民政登记部门允许我们离婚。谢谢！

我用半个小时的时间看完这封离婚请求书，又用一个小时向警察和检察官解释离婚请求书中的内容。警察听到信件中的内容低下头，检察官看着满纸的中文字感叹说：

"他一直在饱受生活的煎熬，把自己交给耶稣基督是一件多么无奈的事情。"

"是啊！内容让人感叹和唏嘘，可是，我们该如何处理这封离婚请求书呢？"警员问道。

"刘，你觉得有必要把离婚请求书给美杜莎看吗？还是，把这份文件递交给民政部门批准他的请求。"检察官不知道该如何处理。

我们三个人相互看着对方没有说话，桌上摆放的另一封遗书成为我的关注点，提议看完遗书再做决定，两人同意我的看法。我快速打开同样用信纸书写的遗书，不过，这封遗书的字迹很工整，只不过蹩脚的字体让人看不懂。遗书的内容如下：

遗　嘱

　　我本人贾富贵，中国籍，拥有一家电器安装公司。在此，我郑重地写下遗嘱，以备不时之需。第一、我把公司所有股权的百分之五十留给国内的两个女儿和妻子，另外百分之五十股权留给我和美杜莎的大儿子；第二、个人账户的存款约有两百万兰特，其中的百分之五十留给在中国的前妻和女儿，另外百分之五十存款留给我和美杜莎的三个孩子，美杜莎拥有在法律监督下的使用权。这笔费用美杜莎只能用于抚养三个孩子，禁止用于她个人高消费。具体原因我已经在离婚请求书中说明；第三、约翰内斯堡的一套房屋产权归美杜莎所有；第四，我死后请女儿把骨灰带回中国，此致敬礼！

看到遗嘱内容，我们点头做出共同的决定：不公开离婚请求书。贾富贵已经离开这个世界，他的离婚请求书便失去应有的法律效应。人已经离开证明夫妻之间的实质关系已经终结，司法部门没有必要再进行法律方面的裁定。离婚请求书中的内容对贾富贵、三个孩子来说都是一种伤害，隐瞒才是对一家人最好的方式。

　　警员和检察官同意我的看法，但是，警员依旧坚持根据离婚请求书和遗书中的内容私底下进行案件侦办工作。也许，这封离婚请求书中还有一些有价值的证据需要解答。比如，谁是美杜莎在外面的情人？他的死是否和美杜莎的情人有某种关联，从事刑事调查的警员做了几个大胆的猜测。对于警员的臆想我并不了解，我和检察官两个走出办公室，正好遇到从警局门外走进来的王大剑和刚刚知道名字的美杜莎。

　　两个人有说有笑地走进警察局，当看到我和检察官时，他们的表情立即变得十分严肃。刚刚的满面春风，立即变换成哀毁骨立的样子。王大剑搀扶着美杜莎来到我们面前，看到我，他们有些意外：

　　"真是太巧了，你也在这里办事吗？"

　　"我来协助警察处理案件，关于贾富贵的案件他们有些疑点，让我帮忙翻译整理一下。"

　　"你们发现了什么重大线索？我也可以帮他们忙。"王大剑用一种怪异的眼光审视着我。

　　"暂时不需要，后续他们需要整理案卷，我们会向警察推荐华人志愿者，他们英语和祖鲁语都可以，你还是去忙自己的生意。"

　　"好，我会好好照顾老贾的妻子，把孩子们当成自己的孩子来照顾。"他满脸严肃地说。

　　"贾富贵是你的朋友，需要你帮忙照顾她们母子四个人，辛苦你！"

王大剑挠头说："没事！都是朋友，碰到这样的事情当然要站出来帮他。在南非他没有任何亲人，我是他的好友有义务照顾他的家人。"随后，停下来凑在我身边轻轻地说："听说老贾留下一封遗书，不知道你是否见过？"

看着王大剑诡异的样子，我问道："你怎么知道贾富贵有一封遗书？"

"嗨，老贾喝酒聊天时曾说过很多次自己已经写好遗书。如果哪天出现不测，遗书就可以解决身后事。听你这么说，老贾真的留下一份遗书？遗书在何处？"说着话，他走到检察官面前问道："老贾的遗书在哪里？"

"这份遗书跟你没有任何关系，作为一个与本案无关的闲杂人，你没有权利对死者的物件进行询问查证。"突然，警员从办公室里冲出来对王大剑说。

"我只是担心老贾的妻子和孩子怎么生活，她现在没有工作也没有经济来源，还要照顾三个未成年的孩子，很多地方都需要钱。"

"你为什么比美杜莎还着急要钱？"检察官说。

"当然着急，他们一家四口吃住都在我家里，所有的花费都是我支付。"听着王大剑的话，美杜莎默默地站在一旁。看到美杜莎保持沉默，王大剑狠狠地瞪了她一眼，好像明白了什么的美杜莎突然大声哭起来。整个院子都能听到她的哭声："你们帮帮我，我们母子四个人都住王大剑的家里，很多地方要花钱，我需要钱照顾三个孩子。"

"你不要哭了！调查完毕之后，一定尽快给你们答复。"

"谢谢你！请你们尽快解决遗嘱的问题，我想离开这个城市到开普敦生活，我厌倦这个治安差，人情薄的地方。"美杜莎大声哭喊说。

"明天给你们答复。"警员对美杜莎说道。

我和警员、检察官商议通知驻南非使馆。随后，通过使馆获得贾富贵国内家属的联系方式，并约定明天上午处理遗书事宜。随后，我告别他们离开警察局。刚刚走出警局大门，一个黑影从后面跑过来拍着我的肩膀说：

"老乡，你们谈完了。怎么处理遗嘱的事情？"

说话的人正是王大剑，他蹲在门口等着警察和检察官的商议结果。我看到他满脸堆笑的样子，心里有种不悦的感觉，不耐烦地说："已经决定明天处理老贾的遗嘱，你领着美杜莎和三个孩子按时到警察局。"

"老贾的遗书中有没有提起国内的家人？怎么分财产给美杜莎母子啊？"他的语气有些急切。

"遗嘱的具体内容，让她去咨询检察官，对于这些我知之甚少，不过，明天你们便会知道结果。"

"是啊，明天我们会知道的！"他若有所思地思考着，随后，开着一辆丰田越野车离开。

★ ★ ★

第二天上午，我准时抵达警察局。车子放在停车场朝着警察局走去，刚刚转过弯便看到美杜莎和王大剑两个人，美杜莎身后背着一个婴儿，王大剑双手牵着两个六七岁的小男孩。远处看上去，站在一起的他们是一幅和谐的画面，两个人看到我立即带着孩子跑到我的面前：

"麻烦你帮我们说情，这些孩子需要照顾，更需要钱。一个七岁，一个五岁，最小的孩子才五个月大……"美杜莎用她蹩脚的英语在我面前哭诉，说话的时候还不时看着一旁的王大剑。

　　看着美杜莎的样子，我想起贾富贵离婚请求书中的内容。明知妻子出轨选择隐忍的丈夫，和背着三个孩子的出轨妻子。想到这里为贾富贵惋惜，看道美杜莎的样子心中无形中产生鄙视。不过，看到她身边的三个孩子时，内心又放下所有的成见。

　　看着三个小男孩，我努力让自己脸上多些笑容说："进去吧，警察都在等着你们。"随后，我们几个人一起走进警察局，警员和检察官已经在办公室等着我们到来。

　　"上午好！我们已经在办公室等你们一个小时。昨天，我们从大使馆获得了贾富贵中国家属的联系方式。"

　　"为什么要联系中国的家属？他的妻子和三个孩子在你们眼前。"王大剑问道。

　　警员不耐烦地用手势比划，让他安静，随后，他拿出那封遗书看着美杜莎说：

　　"这是你丈夫用中文书写的遗书，不过，我们在中国志愿者的帮助下已经把它翻译成英文和祖鲁语，你是否可以听懂英义？"

　　"对不起，我的英语很差，麻烦你说祖鲁语！"美杜莎看着王大剑说。

　　随后，警员用祖鲁语把遗书内容从头到尾念给她听。听到最后的时候，她的脸色面如死灰，整个人好像被炸药点燃一样。王大剑看到身边表情怪异的美杜莎便拉着她的胳膊问发生了什么，突然，美杜莎大哭起来说：

"我给贾富贵生下三个孩子，为什么他没有留下遗产？辛苦帮他照顾孩子和这个家，到最后什么也没有留给我。"说着，美杜莎背着最小的孩子跑到警察局门外，王大剑急忙跟在她的身后。看到自己母亲哭着离开，两个六七岁的男孩也哭着离开了警察局办公室。

警员、检察官和我坐在办公室等待他们回来，十分钟过后依旧不见他们人影，我便走出警察局门口找寻。出警察局门口，听到王大剑和美杜莎两个人的对话：

"刚刚警察到底和你说了些什么？你的英语不错，为什么宣读老贾的遗嘱时讲土话，你在欺骗我什么？"

"警察要用祖鲁语，并不是我自己要求讲土话。"美杜莎脸上带着一滴泪珠说。

"遗嘱写什么？警察不允许我看遗嘱，你跟我说清楚上面究竟说了什么？"

"贾富贵决定把所有的钱都留给中国的女儿，没有给我和三个孩子一分钱。甚至，我们一起居住几年的小房子也没有留给我。现在，我们拿不到钱，欠你的钱也还不上，所以，你还是先走吧。一会儿，我和警察协商一下孩子的抚养问题。你回去吧，这里你也帮不上忙。你回家里等消息。"说着，美杜莎使劲把王大剑往外推，满脸茫然的王大剑被美杜莎用力推到马路上。最后，大声喊道：

"嘿！照看好我们的两个孩子，他们在这里会影响我要遗产。"

听到美杜莎说"我们的孩子"，我明白了她和王大剑之间的关系。想着她刚刚和王大剑所的那些话，心中起疑为什么她和王大剑所说的话与遗书的内容不一致，或许，警员先生向她表达错误。我回到警员身边询问警员到底和美杜莎说了什么，他拿出那张用英文书写的遗嘱说：

"刚刚我把上面的内容逐字逐句用祖鲁说给她，难道你有什么怀疑吗？"

听到警员的解释，回想起美杜莎推搡王大剑离开的动作，我明白了些什么。不大一会儿，美杜莎背着五个月大的孩子回来，脸上没有之前的悲伤反而多了暗自喜悦。她几乎跳着走到我们面前说：

"现在，我和三个孩子住在王大剑家里，我不愿意继续在他家里居住，所以，要求赶紧分割财产。我们需要钱购买新的房屋。"说着，她的脸上几乎露出笑容。

看她暗喜的样子，检察官、警察和我明白离婚请求书内容是真的。警察局唯一的女检察官站出来对她说："根据贾富贵的遗嘱内容，你的孩子们只拿到百分之五十的存款，这笔遗产必须在监督下使用在三个孩子身上，你没有权利将这笔钱用在他处。"

"为什么我没有权利？为什么我们只能得到百分之五十，我应该得到他所有的遗产。我们结婚后，他一直在外面打拼，是我打理家务。虽然我不会讲中文，他也不会讲太多英语，八年里我给他生下三个孩子，所以，我要求得到他所有的遗产。不然，我会上告法庭，让法律裁决。"

"你的孩子有权继承百分之五十的财产，你本人有权获得一处房产。"

"不！我不要他曾经居住过的房子，那所远在郊区的房子不值钱，我再也不想继续在那里生活，我需要贾富贵留下的所有钱。"

女检察官站出来大声吼道："请你冷静！我已经告诉你，贾富贵留给你孩子百分之五十遗产，给你本人美杜莎留下了那所房子。"

"不！我为他生下三个孩子，我要获得更多的钱。"话音刚落地，她的两个儿子跑到她的身边。刚刚发生的一切，王大剑站在不远处看在眼里。他二目圆睁、眉头紧锁，双手紧握看着美杜莎。看到王大剑站在不远处，她整个人惊呆了。不过，随后她转过身又继续向检察官要求更多的遗产。看到她撒泼的样子女检察官愤怒地说：

"你可以到法庭申诉，不过，在受理你的案件之前，必须为你的孩子和贾富贵做亲子鉴定。这是证明他们存在父子关系必须执行的程序。"

听到亲子鉴定的美杜莎立即闭上嘴巴，默默地走到王大剑的身边。王大剑看到她愤怒得紧咬牙齿，发出刺耳的声音。

警员递给我一张上面写着贾丽丽和一个电话号码的纸条。"这是中国使馆提供的贾富贵大女儿贾丽丽的联系方式，请你给她打电话说明遗嘱内容。"

拿起电话拨出去，电话响几声后贾丽丽接起电话。我急忙对她说：

"我是南非的一名翻译，协助警察处理你父亲的身后事宜。使馆已经通报你父亲去世的消息，还请你节哀。同时，我们得到你父亲生前留下的一份遗嘱，他决定把南非银行账户里的一百万兰特，约合四十九万人民币留给你们姐妹俩，同时他希望你们能接他的骨灰回国，把他安葬在……"还没等我把话说完，贾丽丽立即打断我的讲话。

电话另一端的她，情绪十分激动，几乎是用歇斯底里的语气说：

"你不要再说，我没有一个叫贾富贵的爸爸，他早在十几年前就死了。你说的贾富贵我们并不是认识，他也从未影响过我们的生活。母亲去世那年，那个叫贾富贵的男人在我们心里早就死掉了。至于他的骨灰，你们怎么处理都和我们姐妹俩没有任何关系。"说完，她挂断电话。

我把电话内容翻译给检察官听，她问百分之五十的遗产贾丽丽如何处理。没有办法我只好再次给贾丽丽拨通电话："喂！你好，请你不要挂机，贾富贵给留下的那笔遗产，你们打算如何处理？"

"那笔钱不属于我们，就是穷死也不会要他的一分钱。如何处理是你们的事情，即便扔到大海里也与我们没有任何关系。"话音刚落，电话又被挂断。

没有确切的回答，警察委托我再拨去电话："不好意思，还是我。我们需要听到你们准确的回答。你们这笔遗产…………"

"不要……不要……不要…….不要再打电话！！！"电话里的贾丽丽像疯了一样，她几乎用怒吼的声音对我喊出来：

"我们不要那些钱，你们捐给穷人吧！"啪的一声巨响电话又被挂掉。

我把贾丽丽姐妹将钱捐赠出去的决定告诉检察官，她依旧坚持需要再次确认。我不得不再次打来电话，不过，电话拨通之后却无人接听。

最后，检察官和警员决定将一百万兰特代替贾丽丽姐妹捐赠给防艾滋病中心。得知贾富贵的钱要被捐赠到防艾滋病中心，美杜莎几乎疯了一样与警察进行争论。她说另一方放弃继承，她可以得到全部财产。女检察官严厉的语气告诉她，捐赠的决定是按照贾丽丽的要求，没有办法得到更多遗产的美杜莎只能作罢。她走到检察官面前问道：

"我什么时候可以拿到钱？我需要钱，离开这里。"

"一个月内，我们帮你办理银行账户解冻手续，把贾富贵银行账户里的钱转到你的名下。"

"一个月时间太长了，我现在就需要钱！"美杜莎大声喊道。

"我们按照司法程序，请你耐心等待！"说完，警员、检察官收拾了桌子上的文件便离开。

看到大家都已经离开，美杜莎跟在王大剑身后扫兴地往外走。我也跟在他们身后来到停车场取车。

王大剑和美杜莎离开警察局后，便在附近的草地上扭打起来。他们一边扭打一边相互谩骂，两个人的情绪激动，动作也越来越激烈。正在我准备冲过去劝架时，一个身体魁梧的混血男子站在王大剑的面前，男子一拳打在他的鼻梁上，鼻血瞬间顺着嘴巴流下来，王大剑与男子打起来，身材魁梧的南非男人一拳接一拳打在他的头上，王大剑倒下去躺在草地上。一旁的美杜莎没有上前制止，而是，跑进魁梧男人的怀抱里。男子紧紧地抱着美杜莎的腰，并狠狠地亲吻着她。

美杜莎走到王大剑的身边："从今往后，我们没有任何瓜葛，不要再来找我。老贾留下的遗产跟你没有任何关系，不要痴心妄想得到一分钱。"接着，她拉过来两个孩子一只手指着王大剑说：

"他才是你们真正的父亲，以后，你们两个跟着他生活，不要再来找我。"两个孩子傻傻地站在王大剑身边，美杜莎抱着怀中的孩子和当地男子准备离开。

王大剑站起身大声喊道：

"美杜莎，你把怀里的孩子也留下来，他也是我的孩子！"

听到王大剑的喊叫声，美杜莎哈哈大笑起来："你这头笨猪！我怀里的孩子不是你的，他的爸爸现在就站在我身边。"

中午时分骄阳似火，空气中也弥漫着湿气，整个人像洗桑拿一样的难受。听到美杜莎的回答，王大剑躺在地上久久不能站立，一旁的两个孩子傻傻地站在他的身旁。许久过后，王大剑带着两个孩子离开。

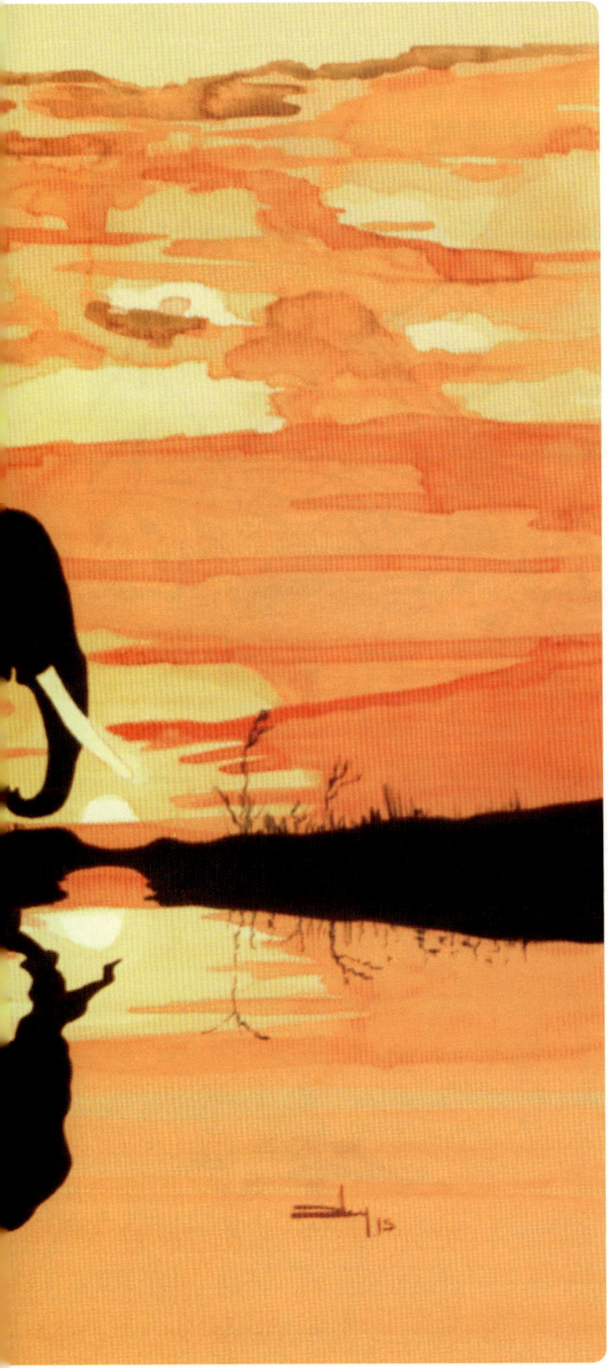

小偷杰瑞与好员工皮特

　　一天上午，我闲来无事坐在办公室里翻看前不久买的小说。突然，一段焦躁的电话铃声响起，接通电话得知是隔壁公司打来的。

　　"刘开，我们抓住一个小偷，麻烦你帮忙当一下翻译！"

　　在这里抓住小偷是一件极其平常的事情。捉住一个或者几个小偷，没有必要报案或者把小偷送到警察局。为什么不这么做有两个原因：一、被抓住的小偷如果是本公司的员工，小偷被送到警察局后，公司的中方管理人员也要到场做笔录，手续十分繁琐；二、如果警察到场处理案件，那么被盗取的赃物会被警察以"证物"为借口带走，并且难以追回。在发生偷盗案件时，华人会首先选择保安公司将小偷押送到就近的警察局，华人几乎不与警察直接接触。

　　处理小偷小摸这类盗窃案件，一般由公司的军人保卫进行处理。这点小事隔壁公司的同事，为什么给我打电话？挂掉电话后，步行来到隔壁公司的物资堆放场地，这里面密密麻麻摆放着四五十个集装箱，里面分别存放着各类生活和工程物资。

　　"刘开，这个家伙应该是个惯偷，他在公司监控画面出现过四五次。"安保队长说。

"通过监控摄像，没有发现他偷盗东西的影像资料吗？"

"监控摄像头有盲区，集装箱堆场很多地方我们难以把控。再说，监控设备影像储备只能保留七十二小时，以前的影像资料没有办法拷贝并拿到警察局作证据。"

"接下来，我们怎么处理小偷？"

"这起案件我们没有报送警察局。"接着，他停顿一下，凑近我的耳朵说："不怕你笑话，到现在我们也没有发现丢失什么东西，料场四十六个集装箱的锁头全部完好。"

"你怎么知道所有集装箱的锁完好啊？"我问道。

"公司使用的挂锁全是从国内专门购买，和其他公司的锁头不一样，现在集装箱里还有十来把这样的锁。我们已经查验过，所有锁头全部完好没有任何损坏的迹象。"

体重将近两百斤的保安队长对自己的工作信心满满，脸上精神气十足。我和他来到逮捕小偷的现场，四个保安围着一个光着上半身的当地人，他四仰八叉地躺在地上，脸上带着惬意的表情，对于中国安保人员的震慑，他没有任何畏惧。

我询问中国保安是否用武力打他，几个人都急忙摇着头："没有！以前，你说过咱们没有执法权，所以，不能殴打他。"

"可是，不用武力教训他一下，他根本不知道害怕！你看看他现在撒泼打滚的样子，我们一点办法都没有！"保安小队长生气地说。

看着小偷的表情和姿态，便知道眼前的这个家伙是个老手，因此，对中国人没有畏惧感。或许，他知道中国人没办法惩罚他，脸上那种常见的无赖表情让我产生上前踢他两脚的念头。不过，禁止殴打小偷是我曾经向所有中国保安再三要求的事情。

一年前，两名当地员工在仓库里抓获一名小偷，在审问未果的情况下，让当地管理人员把小偷送到派出所，我对在此工作的警察大多不熟悉。数个小时之后，公司当地管理人员依旧没有回来。我驾车抵达警察局后，却看到当地管理人员和一名工人被警察带上手铐，那个小偷却洋洋得意地坐在长凳上和警察聊天。不明缘由的我直接走到警察面前问道：

"警察先生，为什么逮捕我们的工人，小偷却坐在长凳上谈笑风生？"

正在和小偷聊天的警察看了我一眼，没有回答我的问题。"警察先生，您好，我们的工作人员……"我的话还没有说完，警察不耐烦地打断我的话：

"你去问你的工人，我现在很忙！"警察说话的样子很不耐烦。

当地工人告诉我，警察以他们殴打小偷为由将他抓捕，但是，他们已经告诉警察并没有殴打小偷，小偷身上的伤疤是在抓捕时造成的。但是，警察依旧只听小偷的说辞，把工人的解释抛到脑后。

"警察先生，我们的工作人员抓捕一名小偷送到派出所，现在抓小偷的人反而被你们抓捕，你觉得是否有些不妥？"我再次与警察理论。

"不管怎么样，他们打小偷是错误的，而且，他们作为南非人竟然抓自己的同胞，从这一点来看我必须教训他们。"说话的警察是个三级警员。

"你处理案件并非按照国家法律，而是你的个人意志。任何的处理都必须经过检察官审理，你没有权力独自处理案件。"

听到我的反驳，警员有些愤怒，随后，他开启"恶劣"警察最常见的模式："中国人真没有礼貌，有没有权力处理案件是我说了算。这里是南非不是中国，请学会什么是礼貌。"一个最不懂礼貌的警察，总会在没有辩驳理由的情况下对你说"请你礼貌用语！"他却不知道自己在缺少礼貌的情况下，正在触犯国家的法律。

中国那句"秀才遇上兵有理说不清"的谚语十分应景。明知道没有办法继续与他理论的情况下，我拨通局长的电话，告诉他事情发生的经过，并强调处理案情并非取决于警察个人意志，而是根据国家法律。警察局长在电话中表示任何时候保安人员在南非土地上不能殴打小偷，因此，我无数次要求中国保安人员绝对不能殴打小偷。

与局长通话的半个小时后，当地管理人员和一名工作人员返回公司。我看到两人手掌和后背有被警察抽打的伤痕，立即从口袋里拿出一百块钱又从医务室拿出药膏给他们。没有他们的辛勤努力的工作，我们很难做出业绩。中国和南非是兄弟关系，个人之间也是如此。

★　★　★

我走到小偷面前上下打量一番，发现他很面熟。好像在什么地方见到过，但是，脑子却怎么也想不起来。

"叫啥名字？你偷了什么东西？"我装作恶狠狠地架势对他说。

"我叫杰瑞，我不是小偷，来找朋友玩。"

"哦！为什么这里的小偷都叫杰瑞？这是你的真名吗？难道你也是看着猫和老鼠长大的？"我用讽刺的口吻说。

"我的确是杰瑞，来这里找我朋友，不是偷东西。"

"你的朋友叫什么名字？怎么在中午时间来找他？你不知道中午是我们的休息时间吗？"一旁的保安队长说道。

我瞪了一眼保安队长说："他如果不知道中午休息，他们会选择这个时间盗窃吗？"

我转过身问小偷："你的朋友叫什么名字？"他眼睛来回乱转却说不出来。

保安队长指着他的鼻子说："说不出名字，说明你来这里就是盗窃。"情急之下，这个名叫杰瑞的盗贼竟然大声说：

"我朋友名叫杰瑞！"

听到他的回答，我禁不住大笑起来，然后，冷笑着对他说："你的朋友叫杰瑞，你现在是不是忘了自己也叫杰瑞？"一旁的几个保安也笑起来。

看到我们哈哈大笑，坐在地上的小偷立即低下头，随后他抬起头说：

"不是不是！我记错了，我朋友的确在这里上班。他的名字忽然想不起来，请给我两分钟让我想想。"

小偷低着头思考，一旁的保安们开始疯狂地抽着当地的廉价香烟。"你朋友到底叫什么名字？说出他的名字，我们带着你去找他。"保安人员手中拿着电警棍吓唬他，听到电警棍啪啪的响声，他立即不假思索地说：

"我的朋友叫汤姆。"听到汤姆两字，我被他气乐了，其他在场的人也笑起来，带着东北口音的安保队长说：

"感情今年一年的笑料都让你这个杰瑞承包啦！你叫杰瑞，你的朋友叫汤姆。这辈子你就看过一部动画片，胡编乱造也要动脑子，一点文化也没有。我不想在这里浪费时间，如果你不说实话就等着去警察局。"随后，我把安保队长的话一字一句翻译给小偷听。

人们的笑声，仿佛使得小偷更加肆无忌惮，又使出他们不打不说的伎俩。正在这时，一名当地管理人员走来向我汇报工作，不经意间看到小偷他大声喊起来：

"怎么又是你？我们吃了你的大亏！"

我问当地管理员："怎么啦！你认识他？"。

他点头说："您难道忘记在一年前我抓住一个小偷送到警察局，我和一名工人反而被警察关押殴打。当时，我们抓的小偷就是他，没想到他又回来作案。因为他，我们两人被警察用皮带抽打。"说着，他走到小偷面前打他，被我拦下来。

"你最好实话实说，不然，我们会请军人安保来处理这件事情。你听明白了？军人里面可没有你的警察朋友，他们会用自己的办法让你开口，而且，他们的办法或许你早有耳闻，他们会让你身上每个毛孔都出气。"

"我不是小偷，请你们相信我！"小偷翻来覆去说着这句话。

没有办法的情况下，我拨通了军人安保的电话，请他们来处理这起案件。听到我给军人安保打电话，小偷表情立刻紧张起来。随后，又躺在地上来回打滚，也许，他知道自己将会面临怎样的处罚。

半个小时后，军保驾驶着一辆绿色皮卡抵达事发现场。从上面风风火火下来六名军人保卫，带队的中尉说：

"听说抓了个小偷，他人在哪？"保安队长与大兵关系很熟，他连说带比划指着躺在地上的杰瑞。

大兵看着光着脊背的杰瑞大声问我们："你们没有殴打他吧？"在场的保安人员急忙摇头，表示对他没有使用任何的武力，只等军保来处理这件事。

"你们做得好！在这里，只有警察和军人有权处理治安事件，你们千万不能使用任何武力，即便针对小偷也是如此。"说完，他走到小偷杰瑞的面前，斜着眼睛盯着他。

"名字叫什么？多大年纪啦？为什么到这里？"

"我叫杰瑞，二十七岁，我来这里找我的朋友汤姆。"话音刚落地，一名站在中尉身旁，脚穿军靴的大兵一脚重重地踢在小偷的肚子上。

"你叫杰瑞，朋友叫汤姆，你在侮辱我的智商吗？出来做贼也要学习一些文化，像你这种没有上过学，说话胡编乱造的人太多了。"

"跟我说实话，你们几个人出来作案？"中尉说话的样子文质彬彬。

"我不是小……"偷字还未说出口，一旁的军人拿出一根皮带抽打在小偷杰瑞的身上。被抽到的杰瑞疼得满地打滚，从东面滚到西面，又从北面翻到南面，嘴里一直带着哭腔说：

"我不是小偷，没有同伙，也没有偷东西。"

一名军人从仓库一角搬出来一把凳子让中尉坐下。他站在中尉身旁说：

"看来我们碰到老手了……看他的表现就知道这家伙不是第一次干盗窃的行当，也不是第一次被审问。"

中尉点点头："是啊，看他满地打滚撒泼的样子便知道他是个偷盗老手，而且，皮糙肉厚忍耐力也很强。"

一名大兵从车上拿出一根两米长的尼龙绳和一把长长的砍刀。他把两件东西扔到小偷杰瑞的面前说：

"如果你不想遭罪，就一五一十把事情经过讲述一遍，不然，这两样东西让你受不起！"

看到扔在地上的绳子和砍刀，杰瑞仿佛明白了什么，立即跪在地上说："长官，请你放了我吧！我真的不是小偷，来这里找我的朋友，也没有团伙作案。"

中尉坐在凳子上优雅地说："我早知道你会这么说，你的回答也在我意料之中。不过，你的回答并不是结束，而是我们工作的开始。"随后，他挥手示意身边的大兵动手。

两名大兵抓住杰瑞说："伸出你的双手。"已经被控制的杰瑞只能乖乖伸出双手，双手伸出之后，看到大兵用砍刀的平面狠狠地朝着他的双手猛烈抽打一下，无比的疼痛让杰瑞立即把双手缩回去。

"把手伸出来，再把手缩回去，我就让你尝尝吊打的滋味。"杰瑞再次乖乖地把手伸出去，接着，一声啪的巨响之后，便听到小偷杰瑞的痛苦喊声。仿佛听到肉皮与砍刀平面接触时发出的摩擦声，随后，他依旧一边哀嚎一边说："我不是小偷，也没有任何同伴。"

中尉笑着对身边的大兵们说："他嘴巴还真硬，今天我们是遇到硬骨头了。"

"什么硬骨头，我看他一身贱骨头！估计是怕其他同伙报复或者威胁他的家人，所以，他才煮熟的鸭子——嘴硬。"

"今天，这个小偷是否认罪看你们的本事。"中尉依旧满脸堆笑着对身边的几个大兵说。看着中尉脸上的笑容，大兵们的表情却有些拘谨，他们想要立即解决小偷杰瑞。五个大兵用绳子把杰瑞反手绑起来，并把他挂在一棵并不算很高的腰果树上，被吊在树枝上的杰瑞大声喊叫起来，眼泪鼻涕都挂在脸上。

吊在树枝上的杰瑞一动不动，被打的手掌心红肿起来。随后，大兵拿起砍刀用尽全力重重抽到他的脚底板，每抽打一下脚底板，杰瑞便像一条砧板上的鲶鱼在空中不停地翻动。士兵使用每抽打十下为一组的方式，直到小偷招供为止。生锈的砍刀在大兵用力地抽打之下出现变形，小偷杰瑞也像鱼一样在空中剧烈的左右上下翻动，腰果树在巨大的扭动之下变得摇摇欲坠。

"真实姓名叫什么？同伙有几个人？"中尉依旧满脸带笑审问被吊在树上的小偷。

"我的妈啊！上帝啊！圣母玛丽娅！救救我吧！"杰瑞大声哭泣哀嚎。

"说出你的真名，还有你其他同伙的名字。"一名大兵手中拿着砍刀说。

"我真的是来找朋友，真名就是叫……"没等杰瑞两个字说出口，大兵用砍刀用力抽打在他的屁股上，砍刀平面接触杰瑞身体的那一刻发出"啪"的剧烈响声，在两百米外也可以听到抽打屁股的声音。

一旁的同事看到军人审问的方法，心中有些不忍。他们向中尉先生求情，不要再继续体罚小偷，直接送到警察局完事。我向中尉说明公司的意见，没有必要对小偷进行严重的惩罚。中尉从凳子站起来笑着说：

"今天，我们的审问方式很合适，小偷的表演也很完美，而且，他已经博得了你们的同情心。放心吧，我看他第一眼便知道他是个偷盗老手，估计，监狱已经是他不用交租金的小家啦。"

随后，他走到小偷杰瑞的身边，用手中警棍指着他说："他的一举一动都是惯犯的标准动作，每说一句话偷偷看一看身边的人。每次大喊都会叫我的妈或者上帝，如果上帝看到他现在的样子，估计也会让我好好教育他做人。"

一旁的大兵看着挂在树上的小偷大声说："今天遇到硬茬了，皮糙肉厚的死猪不怕开水烫啊！"

中尉从大兵的手中接过砍刀走到小偷面前，一只手高高举起砍刀，仿佛没有任何力量打在杰瑞的屁股上。但是，杰瑞的反映却比之前任何一次都翻滚得更加强烈，刚刚还像一条被挂在空中的鱼，被中尉抽打之后却像一头疯狂的野猪在空中激烈的上下左右翻动。"我的妈！上帝吗！圣母玛丽娅！"他像复读机一样在我们耳边一遍又一遍反复播放。在中尉抽打第二下后，杰瑞几乎是在空中跳起来，身体不停地扭动和翻滚压得树枝激烈晃动，正当中尉抽到第三下时，听见"啪"的一声腰果树树枝断掉了，杰瑞瞬间从空中掉在地上。落在地上的杰瑞，仿佛找到自己的舞台又开始在地上不停地翻滚。从东到西翻滚的距离至少有十米左右。在他不停翻滚时，从口袋里掉出来一张卡片，站在一旁的大兵从地上捡起来，把卡片递给中尉。

"好啦！今天的审问结束，我们不用再大费周章。"他挥手让大兵带小偷上车，随后，拿着那张卡片对我说："我们每个人都拥有善和仁慈，不过，一定要在需要它的时候才能表现。不能迂腐，更不能到处施舍善意。"

　　他拿着卡片说："这就是结果！这张是小偷的身份证件，上面清清楚楚写着他的真实名字，所以，不需要再继续审问，他也少受一些皮肉之苦。"自称杰瑞的小偷低下头被押解上了车子。

　　军保的车子迅速驶去，留下车后一道浓密的尘土和目瞪口呆的中国保安。

★ ★ ★

　　第二天，隔壁公司的安保几乎二十四小时盯着监控影像，一刻也不敢掉以轻心。下午六点钟，保安们和十几个工人陆续地走进食堂吃饭。当所有人正在大口吃饭时，从门外闯进来六七个匪徒。一人手中拿着AK47，还有两人手中也拿着手枪，其他几个人手中拿着砍刀。他们闯进来之后，控制了餐厅里所有人。

　　"不要动！不要动！他们是抢匪！"公司管理员对所有的工人说。

　　听到抢匪两个字，大家一动不动坐在餐厅的凳子上。随后，抢匪将所有人员集中在一个房间里，其中两个抢匪看到体重两百斤的保安队长和一名身材魁梧的管理人员，也许，为了防止他们反抗便拿起砍刀朝着他们的后背砍了两刀。被砍伤的两个人后背立即被鲜血染红，血液顺着衣服往下流，脚上的鞋子也被染成红色。两名手持武器的抢匪守在房间门口看守所有人，为防止报案，抢匪抢走所有的通信设备：手机、对讲机、平板电脑。另外几名抢匪则到其他房间翻找现金和值钱的东西，另外两名抢匪直接跑到财务室把抽屉里零散现金抢走。后来，抢匪在财务室的角落发现保险柜，他们拿着枪朝着保险柜射击数次，但没有任何效果。一名会讲蹩脚中文的抢匪说：

"钥匙在哪里？钥匙……"被羁押起来的工人保持沉默。

会讲中文的抢匪头上戴着一个黑色面罩，他非常了解公司，一把将负责财务的人员从人群中揪出来，然后，拿着手枪枪托朝着会计的头砸下去，在抢匪的逼迫下财务把钥匙和密码交给抢匪，抢匪三下五除二把保险柜打开。

另一伙抢匪在每个房间里翻找值钱的东西。几乎每个房间的电话、笔记本电脑、影像设备都被抢走，桌上摆放的一瓶苏格兰威士忌也被掳走。整个抢劫过程十分钟左右，抢匪临走时把所有人都锁在房间里，没有钥匙的他们只能朝着窗外大声呼喊救命。听到呼救声的人立即抵达现场，撬开房门之后，把被打伤的三名伤员送到医院进行救治，其他人帮忙统计被抢劫的财物。

最后，发现保险柜里的五十万兰特、十三部手机和六部笔记本电脑被洗劫一空。第一次经历被抢匪持枪抢劫的中国员工的脸上满是惊慌，其他公司的同事立即通知安保队并向就近的警察、军保报案。半个小过后，警车拉着刺耳的警笛声抵达事发现场。

警察抵达现场之后，对现场所有人发出命令：

"你们不要回各自的房间，现在开始我们要调查取证。或许，抢匪在你们房间里留下了蛛丝马迹，要通过这些线索破案。"接着，五六名警察手上戴着白手套走进公司的每个房间，他们在搜查证据时翻箱倒柜，刚被洗劫的房间变得更加凌乱。几名警察不停地往自己的口袋里塞东西，到最后口袋里实在塞不下，便直接抱在怀里。桌上散落的值钱的东西和劫匪仓皇之下没有拿完的零钱又被警察带走。一名工人放在床底下的五百兰特也被当作证据带走。取证完毕之后，一名警察手里拎着一瓶"白马"香槟，走到被抢劫的同事面前说：

"今天我过生日，这瓶香槟当作你们送给我的礼物。"说完，几个人跳上警车拉着警笛离开。十几个中国人被自己眼前的一幕幕惊呆了，确定刚刚经历了什么。一个小时前，他们被五六个持枪土匪抢劫；十分钟前，他们又被一群穿着制服的警察"合法"抢劫。一个小时前的抢劫，他们可以打电话报警。可是，十分钟前警察"合法"取证，他们又该给谁打电话？

经过医院诊断，三名员工均属于皮外伤，医院为他们进行了简单的缝合手术后便回到公司休息。抢劫事件发生后的第三天，公司全体上下一条心全面完善存在的安全问题：窗户加装防盗窗，安装防盗门；配置全方位无死角摄像头、全天二十四小时安全岗不离人、对所有当地员工进行逐一的安全排查，预防里应外合的抢劫情况。

隔壁公司搞的安全日活动风风火火，库管人员和保安人员对所有集装箱和仓库进行盘点，查看是否存在其他安全隐患。库管员拿着两大串钥匙和两名保安对所有集装箱进行检查。检查到两个装满生活物资的集装箱时，手中的钥匙却始终打不开锁头。

"是不是把钥匙弄混啦？"保安员问道。

"怎么可能？每把钥匙上面都写着对应集装箱的编号，我们不可能搞错。"库管员不以为然地说。

"钥匙没有错，锁也没有错，为什么打不开？一定是你弄错啦。"

"我肯定没有任何错误，集装箱上面的锁头都是公司从过国内购买，专门用于物资保管。在这个集装箱里还有十几把这样的锁。"

"我知道集装箱上面的锁头没有错，也许，是你把钥匙搞混了。你把所有的钥匙全部试一遍，看看是否有钥匙可以打开这两把锁。"

半小时过去，两大串钥匙没有一把钥匙可以打开这两个集装箱。别无他法，只能请示公司领导将集装箱上面的铁锁撬开。管理人员在场的情况下，看守仓库的保安开始拿着铁棍撬铁锁。第一个装有电视机、电冰箱、洗衣机、电脑和一些办公设备的集装箱被打开后，眼前的场景让所有人目瞪口呆。锁的像铁桶一样的集装箱里面却是空空如也，所有电子产品和办公设备都不翼而飞。

在撬开另一个装有生活物资集装箱时，里面的食品架已经被翻得东倒西歪，能吃的东西几乎全部被带走，不能吃的东西也被损毁殆尽。看着眼前的景象保安和库管员傻了，两个人不知道该如何向领导解释。

"完好的锁头，紧闭的集装箱里面却是空空如也。你们给我一个完美的解释！"公司领导问道。

听到领导责问，保安和库管员开始相互指责。

保安委屈地说："钥匙和锁都在库管员手里，现在东西不见了肯定是他的问题。"

"怎么是我的问题啊？钥匙和锁配不上，明明是你们把锁换掉，你们里应外合倒卖公司财物。"

听到库管员的话，两名保安立即跑到库管员面前指着他的脸说：

"我是保安，不是门神！钥匙和锁都在你手里我们怎么里应外合偷东西？出现问题不找自己的毛病，反而无端指责我们！"

正在双方相互指责的时候，前几天帮忙处理盗窃事件的中尉先生抵达公司，领导回到办公区与中尉先生见面。

"前几天逮捕的小偷杰瑞，已经招认全部的偷盗行为。自称杰瑞的小偷真实名字叫唐·纳德·乔治，他交代与你们名叫皮特的保安合伙盗取公司财物。据他交代偷盗的东西价值都很高，比如，电视机、洗衣机、电冰箱等等，这些东西都被拿到附近的市场当成二手电器便宜销售，得到的钱他们平分。小偷唐·纳德·乔治盗窃公司财物的帮凶就是保安皮特。当时，他不敢招认就是怕皮特外面的朋友对他进行报复。"

　　中尉先生喝一口桌上的茶水继续说：

　　"小偷杰瑞交代他从你们的集装箱里拿出两把新锁，然后，偷偷地把原来的锁换掉。这样每次他们实施盗窃时拿着钥匙便可以打开集装箱门锁，不用发出任何的声响，还可以骗过你们的工作人员，他们以为门锁纹丝未动，里面的东西就一样不会少。可是，上帝晓得里面的东西已经全部被偷空。"

　　听到中尉的解释，管理员才如大梦初醒，之前皮特身上的种种反常举动，现在看来都是假象。抢劫事件过后，公司管理人员回忆会讲中文的抢匪声音，非常耳熟。如果没有猜错，正是经常跟随管理员外出的安保皮特。上个月，他抓了三四个小偷，因为工作表现十分突出，被公司评选为优秀员工。原来，那些被抓的小偷都是他的朋友，小偷没有被送到警察局，而是中途私自被放走。他反复在扮演抓小偷、放小偷的戏码，就是这个被公司评为好员工的皮特在实施抢劫。自从劫案发生后，他也跟抢匪一起消失得无影无踪。

　　不过，事情已经发生了，只能亡羊补牢对现有工人进行摸底排查。如果发现外出频率较高，且外部社会关系复杂的人员，查实之后一律辞退。

　　公司领导拿了一箱红酒送到中尉的车上，看到红酒的中尉脸上依旧挂着彬彬有礼的笑容。

"中尉先生，谢谢你们帮忙处理这个案件。改天，我们一定请您吃中国菜！"

"别客气，我们是兄弟，友谊长存！"

中尉驾车离开，领导回到空空如也的集装箱旁，保安员和库管员依旧互不相让鸡吵鹅斗指责对方。

"你是库管员多长时间盘点一次仓库，心里不清楚吗？"

"多长时间清点仓库，不需要你操心。你是保安，公司财物被盗你就要负责。"

"一天二十四小时我们都在上班，晚上当地保安负责巡逻，具体情况我也不清楚。"

领导看到他们争吵大吼一声："闭嘴！从明天开始保安队晚上必须有中国人值班，不能全部由当地人看守。库管员对所有仓库物资清点一遍，集装箱内物资整体清点。一个星期后把你们双方的整改方案提交给我，必须是书面整改方案。"

库管员和安保员都低下了头。一起盗窃事件，一起抢劫事件都与皮特有关系。这是小偷杰瑞和好员工皮特的故事，发生在我们身边真实的故事。

曾经的三个女人

　　有一天，我接到热脑袋打来的电话，邀请我到他家里吃饭。想起他木棍搭建的泥土房子，不知道该如何回复他的邀请。

　　"全家人邀请你到家里吃饭，表达对您的谢意。"听到热脑袋的话，从心底难以拒绝他的邀请，真挚的话语和诚恳的态度让我怎么能拒绝这位忘年交的好友。

　　"好！不过，你没有必要准备食物，我带上同事李涛一起到你家里聊聊天。"

　　"没问题！你可以多带上几位好朋友！"热脑袋热情地说。

　　"好的！谢谢你的邀请，星期天中午我一定到，热……"热脑袋三个字还没有说出口我便停下来，不知道是继续叫他热脑袋，还是应该称呼他卢安蒂诺·希尔。

　　星期天上午，我们外出买了一些孩子们爱吃的小零食，还有一瓶当地人爱喝的Amarula牌的咖啡酒和一瓶葡萄酒。海外原本枯燥的生活让大家变成宅男宅女，很多同事一个月也难出一趟门。大家知道热脑袋邀请我吃饭时，积极要求跟我一同前往：

　　"刘开，你带我们一起去，我们不为吃饭只想到外面转转，已经很长时间没有到外面看看啦。"

"是啊！带上我们，我们也想出去看看！"

"外面治安形势不太好，你们尽量不要出门！"公司领导一句话，大家只能乖乖地回到各自宿舍。

原本已经回到宿舍的翻译马小燕又折返回来，男孩子气的马小燕却扭捏地拉着领导的衣袖说："领导，我想出去长点见识，来公司已经半年了，出去的次数还不到三次。这次我想跟刘开大哥一起到热脑袋家看看，也算是出门锻炼语言！"之前，总看她男孩子的样子感觉像个哥们儿，没想到在领导面前，姑娘气质如此的浓厚。看到她扭捏造作的样子，我起了一身的鸡皮疙瘩。

原以为领导一定会拒绝，没想到领导却小声说："行！这次就依

你，下不为例！"接着，他转过身对我们说：

"刘开、李涛，你们两个经常外出有经验，我并不担心，马小燕跟你们出去一定要照顾好她，出现任何差池拿你们问罪。"听到领导的话，原本外出的好心情，瞬间大打折扣。

"好好好！！！领导，您放心吧！我们一定早去早回。"李涛急忙向领导拍胸脯打包票。

话说完，李涛和假小子马小燕像猴子一样跳上车。我们开车向南面的村子行驶，路依旧是颠簸的土路，只是行驶在它上面的车子和行人却在不停的变化。三个人朝着热脑袋家的方向驶去。半个小时后，车子停在热脑袋家所在村子的山下。李涛和马小燕拿着给孩子们买的礼物准备朝着山上走，谁知马小燕被小河边数不清的小河蟹迷住，她把礼物放在地上跑到小河边，无数只稳稳趴在地上的小螃蟹听到动静，像被惊吓的鸟群急忙向河里爬去。看到这样壮观的场景，马小燕像孩子似的大声喊叫起来。

她爽朗的笑声和喊叫声吸引了河边众多的村民，大家看到几个黄皮肤的外国人来到村子里有些好奇，但并没有一直盯着我们看，而是时不时看几眼我们在做什么。

"假小子！大庭广众之下你小声一点。这里不是你们家热炕头容你大喊大叫！"李涛大声责骂说。

"我真的特别喜欢这里，小山、大河、别致的乡村，还有数不清的小螃蟹。下次，我们再来这里一定要装一麻袋小螃蟹回公司，领导非常爱吃醉螃蟹。"

"哇塞！假小子，你来公司才刚刚半年，怎么对大领导的饮食习惯如此清楚，难道你和领导……？"李涛话没有说完，便大笑起来。

马小燕狠狠地瞪他一眼说："狗嘴吐不出象牙，你脑子装的都是屎吗？怎么总是想一些龌龊的事情。"

"哎呦！马小燕同志竟然用上成语啦！"我站在一旁看他们两个斗嘴，像一场没完没了的男女搭档相声。

李涛继续他幽默的语言风格说："傻丫头，你来公司不到半年，公司领导们从上到下都很照顾你，你怎么获得他们青睐的啊？你也教教我这个好哥们儿，以后，我的前途就靠你指点啦！"

"我的人际关系处理比你好！如果你想学习，可以叫我一声马老师，我把我的全部人生哲学传授给你。"

"哦，马老师，请你赐教！你是如何把公司领导哄开心的？是不是要施展一下打情骂俏，关键时刻还要……"李涛色眯眯地说。

曾经的三个女人　｜　151

"别瞎说！领导是我妈妈的亲弟弟，我的亲二舅！"马小燕一本正经地说。

原本站在河边看螃蟹的李涛，听到马小燕的回答吓得差点掉进河里，幸好站在一旁的假小子一把扶住他。

李涛看到气冲冲的马小燕急忙满脸堆笑的赔礼道歉："不好意思，马翻译。大人不计李涛之过，还请你多原谅。刚刚我说的话全部是胡说八道，你千万别在你二舅面前打小报告。"看着李涛满脸的小贱样，我笑着说："你总叫小燕假小子，怎么现在改口叫马翻译了！"

李涛冲我翻一下白眼说："哪壶不开提哪壶！这可是咱领导亲外甥女，咱们两个一定要照顾好。临出发前，公司领导可是再三嘱咐，如果出现问题我们两个都遭殃。"随后，他急忙一只手搀扶着假小子马小燕。

附近的村民忙忙碌碌，一些人在河里驾船捕鱼，一些人在农田里耕种。各种各样的人生百味，各种各样的风景姿态。美丽山村的古朴与传统，流经的大河沉稳内敛，天空深蓝的唯美神往。如此美丽的组合依旧没有能让李涛和马小燕静下来，两个人在河边与螃蟹嬉戏。旱季里的太阳没那么炙热，更像一轮皎洁的月亮照耀着我们。

"我们该上山啦！热脑袋一家人都在等我们，拿着东西出发。"我冲着他们喊道，谁知我的大声呼喊却换来两个人充耳不闻。我从身边捡起一块石头扔进河里，被河水打湿衣服的两个人，从河边拔起两根甘蔗开始追打我。我们三个人一路你追我打，很快便来到热脑袋家门口。

到热脑袋家时，热脑袋的女儿露西亚和他的两个弟弟在门口踢毽子。年龄差别二十岁的三姐弟在一起却非常融洽。他们的脸上露出天真的笑容，看到我们两个小男孩急忙跑到我的面前用力抱住我的两条腿。

李涛和小燕拿着好吃的食物在他们面前一晃，两个孩子像小馋猫一样立即跑到他们面前。当地的孩子并没有国内孩子的胆小和怯场，即便是第一次见面，他们也像相识很久一样。

随后，露西亚带领我们来到家门口，那间用木棍搭建而成的房子面前。当我走进房间时被眼前的一幕惊呆。原本空荡荡的房间里摆满当地美食：炖牛尾、青菜炖鸡、烤羊肉、烤排骨、大豆汤等等。

看到满屋的美食，假小子大叫起来："哇塞！这么多好吃的东西，为什么不提前叫上我！以后，再有这样的机会一定要带上我。"

"希望以后不要再让我碰到这样的大餐，这么多美食要花掉他们一个月的工资。"我苦笑着对马小燕说。

"哦！为什么他们如此盛情款待我们？"马小燕满怀不解地问。

我看着热脑袋笑着说："我们马小姐第一次驾临寒舍，才准备这么多美味珍馐。"

"哇，我太幸运啦！回去一定让领导赶紧把热脑袋请回去上班，没有他在公共卫生间脏成什么样子啦！"

"马大小姐向领导推荐肯定事半功倍，我们等着你好消息！"李涛伸出大拇指说道。

看到满桌丰盛的餐食三个人感叹不已，一旁的热脑袋和露西亚看到我们满脸的惊讶，以为我们不喜欢他们准备的食物：

"不喜欢准备的饭菜吗？如果你们不喜欢，可以告诉我喜欢吃什么，我们马上去买。"

看到热脑袋焦急的表情，我不知道该说些什么。假小子马小燕听到我们谈话大笑着对热脑袋说：

曾经的三个女人 | 153

"我们不喜欢你们准备的饭菜！你知道吗？"热脑袋听到她的话立即站起身说："你喜欢吃什么告诉我，我和我女儿现在出去买。"与此同时，露西亚背上自己的小包，准备外出买东西。

　　我急忙拦住露西亚，假小子也抱住露西亚的胳膊说："我是说不喜欢你们这样盛情招待，你们全家人一个月的花费都用在这顿饭菜上，我们怎么吃得下。即便是我狼吞虎咽吃下去，也难以消化！"嘴上说不愿意吃，看着饭菜她的眼睛却在放光，看到她馋猫的样子，两个小孩子站在一旁笑起来。

　　假小子有些不好意思地说："早上没有吃早餐，我肚子很饿，大家快吃饭吧！"说完，她像主人一样招待大家坐下来吃饭。可是，小小的房间难以坐下所有人。

　　"今天天气不错，不如把餐桌抬到外面的大树下面。我们一边吃饭一边欣赏山里的风景。"露西亚提议。

　　"太棒啦！真是个好注意！我们边吃边玩边看风景。"假小子像个真汉子一样高兴地跳起来。

　　我们把摆满饭菜的桌子，慢慢地抬到不远处的大树下。中午时分有些许炎热，不过，树荫下的我们却感觉到十分凉爽。阴凉的树荫、美味的饭菜、祥和的气氛、欢喜的人们绘成一幅美丽的风景画。

　　桌子上摆放的几套精致钢制的刀叉非常引人注意，热脑袋贫穷的家境怎么会有如此漂亮的刀叉？热脑袋看到我们对刀叉感兴趣便笑着说：

　　"人常说好马配好鞍，我们则讲究美味的餐食一定要配上精致的餐具！这套餐具我保存了三十年，不过，这是我们三十多年内第四次使用它。"

"哦？另外三次是什么时候？"饥饿的假小子用叉子插起一块鸡肉边吃边问。

热脑袋满脸害羞地低下头说："我结婚的时候。"

"你结婚的时候？难道你结过三次婚？"马小燕吃惊地问道。聊他人的事情，就像从二手市场买的旧衣服，穿脱都很随便，用不着多花心思。

热脑袋又低下头看着身边的女儿露西亚说：

"是啊！我结过三次婚，可是，每一次都会给她们造成伤害。以后，我不会再选择结婚，一定照顾好我的女儿露西亚和两个儿子。等我身体康复了，还要去公司上班挣钱养家。"

"你去上班，你的两个儿子怎么办！"李涛问道。

"准备把他们送到附近的寄宿学校，我努力挣钱让他们好好学习。长大后像你们一样可以走出国门去做喜欢的事情。"

"放心吧！我们马大小姐已经发话，她跟领导说情，让你尽快回去上班。"

假小子马小燕看着热脑袋说："我向领导说情，你肯定很快便能回去上班，甚至还能让露西亚到公司上班。不过，我想听听热脑袋讲讲你的故事，特别是你三位妻子的故事！"

"小燕，闭嘴！你怎么能揭别人过往的伤疤呢？每个人都有自己的过去，可是，每个人都有封存它的权力。我们不能拿工作的事情去要挟别人，特别是大家都了解热脑袋。难道你不了解他吗？"我严厉地说。

"我没有要挟他，只是想听他的故事，而且，我们对他并不十分了解！难道，你知道他的真实名字？"听到马小燕的问题，我不知道该如何回答。阿努尔福老先生向我说起过热脑袋的故事。

"哎呀！差点忘记一件大事，阿努尔福老汉委托我给你带来一件东西！"我对身边的热脑袋说。

"是波罗克瓦尼农场村里的阿努尔福吗？你怎么会到那个地方？"热脑袋问道。

"对！前段时间，我到那处理工人的后事，无意中认识老先生。临别时，他让我把一件军服带给你。"说着，我从袋子里拿出一件带着军衔的服装。

看到军服热脑袋仿佛整个人丢了魂一样，从他的眼睛里看出来，这件衣服拥有太多的故事。他一只手拿着军服双眼直勾勾看着山下的大河。一旁的露西亚看到父亲神不守舍的样子意味深长地说：

"爸爸，过去的事情不要放在心上。"

"好事坏事都是生活的一部分，我不会忘记也不会铭记。我的生活就是我的生活，如果你们愿意听，今天我把三十多年前的故事都讲给你们听。"

"太棒啦！喜欢听你的故事，快讲吧！"

"是啊！我们愿意听你的故事，总比看那些不着边际的小说要有趣很多。我可不想每天都生活在充斥暴力、色情的网络小说里。如果你的故事够精彩我一定把它记录下来，把你的故事讲给大家听。"平时沉溺在网络小说世界里的李涛，翘首企盼着热脑袋的故事。

"热……"热脑袋三个字还没有说出口，我便觉得自己说错话，随后继续说：

"你如果愿意讲一下你和三个妻子的故事，自己说出来也算和以前说再见。"小燕一本正经地说。

"马小燕是个性格直爽的女孩子，她不会拿工作的事情逼迫你说出自己的往事。假如你真心想给我们讲述以前不愿说出来的事情，说明你已经对痛苦不堪的回忆释怀。"

"前段时间，我被绑在霸王树上，好像已经走到地狱的大门口。什么该走，什么该留，什么需要坚持，什么需要放弃在一瞬间都看清楚了。"

"给我们讲讲为什么叫热脑袋？为什么不是凉脑袋？"假小子马小燕好奇地看着热脑袋说。

一旁的露西亚开始收拾桌子上的空盘子，热脑袋从屋里拿出一个装满烟丝的烟袋开始装烟丝。他深深地抽口烟后，开始讲述自己的故事：

这里的人们都叫我热脑袋。在这个村子除了东卡，没有人知道我的真实姓名。今天不说出来，我怕忘记自己原本叫卢安蒂诺·希尔。一九四八年，我出生在开普敦省，父亲是南非著名的地质学家和钻石商人。他曾经在英国学习深造地质构造学，后来回到南非和几名英国人合资在东开普省、北开普省、西开普省三个地方开发矿业。几年后，父亲多诺万·希尔成为三省最大的钻石公司老板之一。他负责钻石的探寻和开采，而英国人则负责钻石贸易。虽然，钻石是世界上最值钱的东西，可父亲只能拿到最微薄的那份报酬。那个时代，白人与黑人之间没有公平可言，只有金钱与利益之间的价值考量。随着钻石公司迅速发展，钻石产量也从之前的每年几十克拉，发展到鼎盛期每年几千克拉的产量，而且，钻石的等级也很高。赚取重金的父亲，在约翰内斯堡购买了几处豪宅。

超高的开采量随之带来工人工作量的增加，很多工人一天只能啃一块面包，口渴时在河道里喝一口河水。钻石公司矿场曾经拥有近三百名淘钻工人，双脚因长期浸泡在水中出现浮肿。矿区的水多蚊子也特别多，一些工人患上严重的疟疾和登革热。没有医生和药品，工人只能用身体免疫力跟疟原虫做斗争，运气好的人可以看到第二天的太阳，运气差的一觉睡下去就再也醒不过来。

贫穷让很多家庭，特别是孩子多的家庭生活艰难。很多父亲带着自己七八岁的孩子一起到矿上工作，找到一颗钻石足够他们一家人吃上一个月的面包。父亲多诺万·希尔看到年幼的孩子和满身病痛的工人在矿上工作非常心痛，决定给他们更好的待遇。为他们在矿区搭建休息的帐篷，提供干净的饮用水，还为每个人一天提供两个面包。

三个矿区工人们的待遇提高，让三个英国合伙人产生怒火。他们认为三个矿区同时提高工人待遇会支出太多的费用。可是，父亲坚持为自己的同胞争取好处，让双方都能获得更多的利益，而不是英国人享受奢

侈，挖钻石的南非人却饱受饥饿和病痛。公司和矿场的每个黑人工人对父亲都十分尊重和敬畏，他在场时所有工人都会起身向他致敬。每年圣诞节父亲会杀几头牛，自己留下两条牛腿，其他全部送给邻居和街坊。那时，父亲是孩子们学习的榜样。我的两个哥哥随后跟随父亲在矿场工作，家里家外十分祥和。

不过，一切在我出生的一九四八年改变了。南非国家党在选举中获得胜利，并开始在南非全国推行"种族隔离制度"。从此，白人与黑人之间立起一堵堵无形和有形的墙。尽管，种族隔离制度规定黑人和白人之间不能有生意往来，可是，英国人怎能舍得一颗颗血钻。私底下与父亲合作钻石贸易，后来，开始创办贸易公司。父亲的生意一天天壮大，他的危险也在逐步逼近。我十岁那年，父亲的公司因为销售白人阶级才能食用的上等牛肉被抓进监狱，警察逮捕他的理由是销售上等牛肉给黑人阶级属于贸易犯罪。他被关押整整一个星期，后来，我的哥哥拿着三颗钻石才把他从监狱中换回来。监狱中的父亲被白人警察蹂躏，他们扒光父亲的衣服，用荆条抽打他的身体，监狱里的蚊子让他患上严重的疟疾和登革热。从死神身边走一遭的他好像换了一个人。从那时起，父亲很少出门也不再关心街坊邻里的伤痛，而是一心让两个哥哥发展他的钻石生意。父亲向当地政府和几个党派提供大量的政治献金，在金钱的魅力下，我们一家人都被列入"种族隔离制度"差别待遇的黑人名单中。后来，父亲当选政府议员，在公开场合赞扬南非白人推行的各种政治制度，与南非白人的交好让他的生意更加顺风顺水，可是，身边的黑人同胞却把他当成仇敌。

父亲觉得我没有商业头脑，便让我去读大学。可是，白人的大学一个黑人怎么能堂而皇之地走进去，即便在金钱的作用下，国家党专政的社会也不会接受黑人上大学，没有大学可读，我选择了参军。一九七零年，我参加南非边境战役，在纳米比亚与安哥拉边境进行战斗。虽然我年龄偏小，上过学的我能写会看，很快在军队里得到重用。那时，即便是很多白人也不会写字，在战斗中我数次获取敌人情报立下战功，很快被提拔成为一名连长。

一九七六年，南非军队入侵安哥拉，帮助安盟打击执政党安人运，我跟随部队深入到安哥拉境内。在安哥拉战斗的两年里，我看到太多伤亡，地雷炸断无数战友的双腿，他们的后半生只能靠轮椅和拐杖生活。战争是残酷的，有一次，我带领一个排的战士深入安哥拉中部马兰热刺探情报，不料，误入敌人的埋伏圈。几十名战士牺牲，我和几名战友被几名俄罗斯人、古巴人和越南人组成的执政党的海外援军俘虏。

被俘虏的我并没有受到暴力对待。被他们俘虏之后，我曾经想过自杀，他们优待俘虏的政策让我活下来。再后来，我假意归降让他们对我放松了警戒，趁夜晚睡觉时我逃了出来。在陌生的安哥拉土地上我整整步行两个星期，靠着太阳辨别方向才找到我们最近的驻扎营地。

我在安人运援军居住数个星期，同时摸清了他们的战术布防和人员配置。后来，我再次带领安盟游击队和南非两个连的军力突袭对方驻地，消灭他们将近两个连的兵力。直到现在，他们被我们突袭时的情景依旧历历在目。我的手上沾满古巴人、俄罗斯、越南人的血液。在那场战役中，东卡失去了他的一只手，作为补偿政府奉送给他这片土地。我的秘密通报和剿灭安哥拉援军两个连的兵力，最终换来团长的头衔。

四年后，我回到南非开普敦老家。高科技的采矿时代来临，使得依靠人工采钻的钻石公司生意大幅缩水。不过，两个哥哥依旧私底下和英国人做着外贸生意。后来，南非国内民族运动四处涌动，我也参加无数次民主活动。当时，我还在军队任职，可是民族斗争绝对不能少了我的身影。一九六三年，民族领袖纳尔逊·曼德拉被白人政府羁押时，我们组织很多次游行示威和地下革命。在一九七六年六月十六日发生"索韦托惨案"期间，我结识农场的阿努尔福，当时二十岁的他依旧在上中学。他和同学们参加反对南非白人政府强迫黑人学生放弃学习本民族语言，而使用英文和南非荷兰语教学的游行。当时，我们部队奉命到那里执行治安保卫任务，防止学生上街闹事。我作为民族革命组织成员私下参与活动。

★　★　★

人活在悲惨的生命里，带着沉甸甸的爱情可真是不方便。二十七岁那年，我认识了第一任妻子伊达莉娜·威廉。父亲从纳米比亚经商时把她带回家的，听父亲说他到纳米比亚查看一个钻石矿山时，认识了年轻的姑娘。由于她做错事情被女主人用皮鞭抽打，家里正好缺少女佣人，父亲看她可怜便从白人手中把她买回来。后来，我问父亲伊达莉娜到底做错什么事情时，父亲脸上的表情怪异欲言又止。

随后的日子里，父亲和两个哥哥经常外出。我和伊达莉娜独自在家里的时间增多，慢慢地我们成为无话不说的朋友。她向我讲述自己母亲的故事，她的母亲是生活在纳米比亚白人贵族圈的女性，外祖父母是英国裔白人，每天享受着各种奢华的生活。出入上流阶层，穿着华丽服饰，佩戴高档饰品成了母亲每天要做的事情。母亲的未婚夫是一位荷兰裔白人，他的父亲是南非国家党支持种族隔离制度的中坚力量。在他的带动下，母亲开始参与种族隔离制度的制定和实施，对身边有色人种进行抨击。在各类场合高喊白人至上主义，她的激进思想被欧洲裔白人推崇为种族隔离政策的楷模。

在母亲和未婚夫即将举行婚礼的前一天晚上，她参加朋友为她举办的脱单派对，黑人司机为了报复她，在回家的路上把处于醉酒状态的她强暴了。第二天，家人发现她衣衫不整，才得知黑人司机强奸她的行为。那个黑人司机正是伊达莉娜的生父，他被抓后被外公当众处死。母亲一家人都是虔诚的天主教徒，堕胎是圣经所不允许的。因此，母亲在家人的谩骂和白眼中生下了她。她出生之后，母亲一家人不能接受和黑人生下的孽种，她被遗弃在天主教孤儿院大门口，她在孤儿院修女的照顾下长大。后来，她的母亲总是带东西和食物给孤儿院的孩子们。但是，却从未承认伊达莉娜是自己的亲生骨肉，被人遗弃的滋味她深有体会，所以，她惧怕被人嫌弃更怕被人抛弃。

从那天起，我和伊达莉娜经常聊天，经常带她出入高档酒吧和大兵俱乐部。我们一起喝酒、跳舞，醉酒时甚至还睡在一张床上。二十七岁的我爱上了眼前的混血姑娘，她看我的眼神也饱含深意。

一次酒吧派对之后，在酒精和爱情的驱使下，我脱去她身上的衣服。麦肤色的香肩，雪白的乳房勾起我身体全部的荷尔蒙。那天之后，我们每天晚上都会一起聊天一起畅想一起云雨。

半年后，伊达莉娜让我迎娶她，并要求把她列入差别待遇名单。我向父亲提出和伊达莉娜结婚的事情，父亲听到我的请求大吃一惊，整个人像发疯一样。他极力反对我和伊达莉娜的婚事，却说不出任何理由。

在我无数次要求下父亲终于同意我们的婚事。不过，在我们结婚的前夕，父亲带着伊达莉娜前往北开普省考察农业项目，他们两个人一去便是半个月的时间。

回来之后，父亲一反常态为我们举行了隆重的婚礼。婚礼当天父亲并没有邀请当地的黑人亲朋，而是花重金邀请当地的白人名流。从我们结婚那天起，伊达莉娜正式被白人政府列入差别待遇名单中。结婚之后的伊达莉娜像换了个人，之前的夫唱妇随、去酒吧和大兵俱乐部的聚会再也看不到她的身影。更多时间，她陪着父亲参加商界名流酒会，以及政府要员派对见面会。短短一年间，伊达莉娜脱胎换骨地变成了社会名流，满身充斥着贵族气息，她的装扮和言行像极了她的母亲。

在她为我生下第二个儿子时，我曾劝她远离政治和各类酒会和派对。她说自己十分享受上流生活，要靠自己的努力赢得社会和政界的认可，再也不想被人遗弃，过颠沛流离的日子。她要让曾经瞧不起她的人后悔，我告诉她不要重蹈自己母亲的路，她愤怒地离开了。从那时起，我们很少再讲话，聊天、做爱也成为例行公事。

几年后的一天，一次意外我发现一个噩耗：大儿子、二儿子与我没有血缘关系。愤怒抓狂的我把伊达莉娜带到开普敦一座私人小院，逼问谁是孩子的父亲。她没有任何的隐晦，抽着香烟笑着对我说："你父亲多诺万·希尔才是两个孩子真正的父亲，其实，他们并不是你的儿子，而是你同父异母的弟弟。"听到她的话，我像一头癫狂、发疯的禽兽将妻子伊达莉娜一次又一次的强暴，随后，她被我软禁在那个无人知晓的庭院，而我在积极参与民族革命斗争，反对欧洲白人阶级至上的统治制度。直到我女儿露西亚的降生，她才离开那座私人庭院回到父亲的身边。爱情伟大的力量可以让我们忘记一切，却又小到连一根嫉妒的沙砾也不能容纳。

后来，我和女儿露西亚一起生活，她成为我生命中最重要的人。参与地下反白人政府组织使我焦头烂额，生活中也出现各种各样的问题。有时，为了组织我还把女儿交给邻居照顾。在一次地下组织活动中，我们的行动被人提前通报给当地政府和警察局，一些组织成员被逮捕或杀害。地下组织调查得知，是妻子伊达莉娜向政府私下通报我们举行地下革命的事情，便对我产生怀疑。他们把矛头指向我，并制造一系列社会治安事件。军营得知我参与地下组织也将我从军队革职，并把我从差别待遇名单中剔除。后来，地下组织成员袭击父亲的住所，听说他们抢走家中几乎所有的现金。

抢劫、罢官，让父亲感到震怒。他在报纸上刊登信息，将我逐出希尔家族，并讽刺我是个热脑袋。因此，后来在社会上我不再说自己是希尔家族的人，父亲没有我这样的废物儿子。我和露西亚走出家门时，伊达莉娜没有看我们一眼，她不会因为我放弃安逸的生活。起初，选择与我结婚只是她的计谋，我却把她当成真正的爱人。

热脑袋讲到最后看了看坐在一边的露西亚，他低下头说：

"这辈子，唯一对不起的是我的女儿！没有能给她一个幸福安稳的生活。"

"热脑袋！随后，你和伊达莉娜联系过吗？还有，你联系过自己的父亲吗？"马小燕问道。

"没有！我再也没有回过那个家。后来，白人政府倒台后南非国大党关闭部分钻石公司，其中父亲的矿场涉及权钱交易被勒令关停，家中的财产全部没收。几年后，他便去世，再后来听说伊达莉娜改嫁给开普敦的一个商人，两个孩子也跟着她生活。时间太久，一切都改变了。"

"能给我们讲讲你的第二个妻子吗？"马小燕好奇心依旧很强。

热脑袋整理着自己的思绪，然后，笑着开始讲述他的第二段故事。

我的第二个女人并非真正意义上的妻子，我们并没有结婚，甚至没有真正意义上的恋爱，因为，她是一名天主教的修女。当时，我刚刚从开普敦到约翰内斯堡生活，对这里的一切既熟悉又陌生。我在一家外贸公司上班，每天过着还算安逸的生活，可以把大部分时间用来照顾露西亚。那时，公司总是举办一些宗教捐助活动，每个星期我们都把捐赠给天主教的物品送到约翰内斯堡郊区的一个修道院和孤儿院。在那里，我遇见生命中的第二女人吉娜福拉。

三十多岁的吉娜福拉是一个姿态端庄、性格开朗的女人，我们的初次相遇在修道院里。当时，公司派我带两名工人维护修道院里水电设施。她请我帮忙修理卫生间的水龙头，在简短的言谈之间我们认识了对方。她人和名字一样美丽，性格非常温和从不大声与人讲话。不过，她命运多舛。

吉娜福拉出生在莱索托官宦之家，她的父亲是巴苏陀兰国王莫舒舒的军机重臣。一九六六年在他父亲和一帮重臣的辅佐下，莫舒舒建立莱索托王国并担任第一任国王。吉娜福拉小时候的生活很幸福，父亲虽然一直忙于公务，但母亲一直陪伴在她身边。生活的点滴记录都会让她更加热爱生活和自己的祖国。她的童年充满快乐和难忘的故事。一九六零年以前，巴苏陀兰王国为了不受其他侵略者的袭扰和打击，他们寻求英国殖民主的庇护，接受南非政府的管辖。因此，吉娜福拉儿时接受正宗的英式教育，从她的举止和谈吐都能看到传统英伦女人的影子。年轻时，她总喜欢戴一顶大大的花帽，她对花朵的热爱极其热烈，她家里也种满各式各样的花卉。每次，去孤儿院都能看到她精心打理的植物和花卉。失去父母的孩子们对这位年轻的修女妈妈非常喜爱。温文儒雅的做事态度，让很多孩子对她十分依赖。当然，高等教育让她能够讲一口正宗的英式英语，讲故事、绘画、写作对她更是驾轻就熟。

她二十三岁时，经过父亲安排她和巴苏陀兰王国另一名大臣的儿子结婚，门当户对的婚礼，让两家人都非常高兴。两个人的婚礼在"红砂岩之地"马塞卢最大的教堂里举行。当时，王公大臣、社会名流都见证了那场盛大的婚礼。国王莫舒舒也亲自派人到场祝贺新人。婚后的吉娜福拉依旧生活在夫妻和睦、家庭美满的环境里。几年后，她生下一个健康的儿子，小婴儿的诞生让她在家中的地位更加有权威，家中的大事小情都在她的管理之下。但是，生活总是在最幸福的时候，出现意想不到的灾祸。

一九七零年二月莱索托举行总统大选，吉娜福拉的父亲坚决拥护莫舒舒二世成为国家元首，而她丈夫一家人却意外支持里阿布亚·乔纳森参选国家元首。两派势同水火，政治势力之间开始内斗。里阿布亚·乔纳森为首的一派政治势力公然发动政变，自封国家元首代行职权，莫舒舒二世见形势堪忧，便逃往荷兰寻求庇护。

莫舒舒二世离开莱索托之后，吉娜福拉的家人成为党派异己首先铲除的势力对象。她的丈夫为保护自己的权势和地位，第一个站出来攻击自己的岳父，指责他是莫舒舒二世的无耻政客，并在众议院众目睽睽之下宣布终止与吉娜福拉的婚姻关系。从此，她与丈夫、以及家人没有任

何关系。

从小娇生惯养的吉娜福拉感受到人生百态：权力、仇视、冷漠、分离。生活好似从天堂坠入地狱。每次向丈夫要求探视儿子也都会被拒绝。吉娜福拉一家人随着政治人物的变化成为被人唾弃的傀儡。很快，丈夫在他们离婚后的一个月里再次和另外一位达官贵人的女儿结婚，在各个报纸可以看到两个人举行婚礼的消息。为了逃避政治迫害，父母决定带着她到约翰内斯堡生活。

一家三口带着些许的金钱，开车从莱索托到约翰内斯堡，车子经过布隆方丹的路上却遭遇抢匪，为了保护身上的现金，父母被抢匪连开数枪打死。吉娜福拉被土匪绑架到偏僻的村子整整生活一年之久。她每天过着非人的日子，数十个土匪对她进行多轮强暴。吉娜福拉数次想要自杀，可是，每当想起自己的孩子便会重新燃起对生活的向往。后来，她患上严重的肺结核和性病，土匪便把她抛弃在距离布隆方丹数十公里的大路上。她躺在路上整整两天的时间，经过的路人只是站在一旁无休止谈论，却没有人愿意救她。

直到第二天黄昏，修道院的丽塔修女经过才把她救起。修女把她带到医院诊治、修养身体。后来，修女决定感化她入教，但是，心中只有儿子的吉娜福拉并没有听从丽塔修女的感化，身体康复之后便回到莱索托。她再次回到莱索托，世界又发生了翻天覆地的变化。发动政变自立为国家元首的里阿布亚·乔纳森被英国和荷兰强烈谴责并威胁对其动用武力干预。七个月后，莫舒舒二世回到莱索托重新登基成为国家元首。吉娜福拉的前夫一家人担心遭到政治报复，带着年幼的儿子前往欧洲，具体哪个国家并没有人知道，看不到任何生活希望的吉娜福拉回到修道院成为一名修女。

结识吉娜福拉时，她已经在发复愿，她立志发三愿"贞洁""服从""神贫"，把自己一生都献给天主。人们拥有生命时，附带有一个神圣的条件，应当勇敢的捍卫生命，直到最后一分钟。随后，她跟随丽塔修女到约翰内斯堡的一家修道院从事扶助神父的工作，同时照看一所拥有200名孩子的孤儿院。我真正认识和喜欢她，也是在孤儿院相处的日子。

记得一天晚上天空中飘着小雨，我刚准备上床睡觉，便听到门外急促的敲门声。开门才发现吉娜福拉怀中抱着年幼的孩子，原来小男孩从床上掉下来摔伤手臂。吉娜福拉没有时间和我解释，请我开车带孩子到最近的医院，看着她焦急的眼神我立即开车前往医院，医生及时为孩子进行救治，孩子的胳膊轻微骨折，医生为他正骨并做了石膏固定。年幼的孩子哇哇大哭，抱着孩子的吉娜福拉也伤心不已。我拿出一条手绢递给她，她说看到年幼的孩子会想起自己的儿子。话说出口她哭得更加伤心，我情不自禁地坐在她身旁，无助的吉娜福拉抱住我哭起来。那一刻，她仿佛情绪崩溃，眼前的孩子勾起她太多的辛酸和回忆。没有人知道她是如何度过那难熬的岁月，只有她的哭泣能解释一切。我和她在医院陪护孩子直到第二天清晨才离开。从那天起，我们两个经常在一起聊天，我也会借去孤儿院的机会给她带一些她爱吃的东西。有时，我还会讲一些笑话逗她开心。每次，看到她微笑的样子心里比吃了蜜还要甜。

有一天，下班后我赶到孤儿院，并没有见到吉娜福拉的人影。孩子们告诉我修女妈妈外出采购没有回来。孤儿院的孩子们在高兴地做游戏，另外一些稍微年长的孩子为较小的孩子朗读圣经。看着孩子们井然有序的样子，感受到吉娜福拉付出的辛苦和操劳。不知不觉两个小时过去，依旧没有看到吉娜福拉回来。我焦急地走出孤儿院大门并没有看到她，在我转身的一刹那却看到地上躺着一个人，身边还散落着很多的蔬菜，仔细一看原来是吉娜福拉，急忙跑过去把她抱回房间，孩子们看到修女晕倒十分着急，流着眼泪看着修女妈妈。我告诉孩子们不用担心，修女妈妈太累了才会晕倒，另外一名修女带着孩子生火做饭。吉娜福拉的脸色很红，额头也很烫，我去医院买来药品给她喂药。按照修道院的规定，男人不能进入修女房间，可是，为了给她治病别无他法。整整一个晚上，我没有闭眼一直在照顾她。第二天白天去上班，晚上依旧回来照顾她，直到第三天她的病情才好转，病情好转的她眼中充满感激。

之后的两年里，我们两人成了知己，一起谈过去聊未来。一九八九

曾经的三个女人 | 169

年圣诞节前一天，公司为孩子们购买了大量的圣诞礼物和食物。我带着一瓶法国红酒来到孤儿院，和她坐在一起吃零食聊天。我打开了七五年产的木桐红酒，独自品酒和她聊着工作、生活，一旁的吉娜福拉再次说起她的儿子和家乡。看着她思乡的样子，我端起一杯红酒递给她。原本已经戒酒十年的她端起酒杯一饮而尽。一边聊天一边喝，一瓶葡萄酒很快见底。在爱情的魔力和酒精地催动下，我紧紧地抱住吉娜福拉，她并没有拒绝把头放在我肩膀上。两个人紧紧地抱在一起，在那个晚上我和修女躺在一张床上，只是躺在床上。她说如果有来世，愿意做我的女人，她这一生已经把自己献给上帝。虽然，没有发生任何身体接触，随后的日子我把她当成知己，甚至妻子对待，每天会到孤儿院看她。

两年后，吉娜福拉获得到梵蒂冈深造的机会。我不想她离开这里，因为有她在我不会觉得孤单，然而，教会坚持让吉娜福拉前往。在她离开约翰内斯堡的前一天，我拿着几件棉服送给她。鬼使神差的我做出令人不耻的举动，我抱住她深深地亲吻在她的嘴巴上，可以感受到她的嘴唇在颤抖，心脏也在扑通通剧烈跳动。吉娜福拉被我猝不及防的举动吓到了，她想要推开我，却被我紧紧地抱在怀里不能动弹。我吻她的时间很久，不幸地是一切被丽塔修女看到眼中。她严厉斥责吉娜福拉信仰不虔诚、意志不坚定，不能继续为上帝服务，并取消前往梵蒂冈学习的机会。我知道吉娜福拉在这里过得并不幸福，为了她，我到主教的面前承认是自己强行吻吉娜福拉，而非出于她自愿。

一切仿佛都在冥冥中注定，警察以强暴修女为由将我关押，所在的公司将我辞退。在狱中我得知吉娜福拉前往梵蒂冈的消息，临走时她给我留下一件衬衫和一封信。在信中，她说自己不会再回到南非和莱索托，要离开让她流泪和流血、伤心的地方。

出狱之后，非礼修女的帽了被钉在耻辱柱子上。露西亚因为不理解而离开我，街坊四邻也开始嘲笑冷落我。走过的地方总会听到人们一片叱责和谩骂，强奸修女的罪名让我很难找到一份工作，只能到各地打零工。有时，为了多挣钱要连夜驾车上千公里拉货。正是在那时，开货车前往斯威士兰的路上发生严重车祸，导致阴囊破裂，医生说我丧失男人应有的功能。失去劳动能力后，我为了逃避人们的闲言碎语来到这个村子，我已经在此生活十多年。我爱她，让我的爱像阳光一样包围她，并且给予她自由。

我的第三个女人是在这里结识并结婚的。在东卡的帮助下，我买了一座砖房。村子里的房子很便宜，生活节奏也很安逸。一次在河边整理甘蔗时不小心掉进河里，本来不会游泳的我被湍急的河水冲到河中央。我大声呼救，可中午时分的田地里没有其他人。正在我感到绝望时，一个人跳进河里，将我拉到河边。大难不死的我看到的是一位三十多岁的女人，身上穿着一件白色衬衫和黑色的裤子，看上去干净利落。后来，知道她名叫玛丽娅，她丈夫在几年前去世，留下了两个孩子生活过得十分艰难。从我被她救起，我们两个鳏寡孤独人便生活在一起。几个月后，我们决定在村子里举办婚礼。我的老战友东卡却极力反对这门婚事，说玛丽娅生活太复杂。玛丽娅的前夫去世后，家中的重担全部压在她的身上，无助的她到约翰内斯堡城市街边，贩卖自己的身体，依靠出卖肉体照顾家人。年纪不饶人，面容憔悴的她，回到村子商店里接待客人。我掉进河的那天中午，她刚刚接待完一名客人，经过河边时才会把我救起。

玛丽娅救我的画面一直在我的脑中徘徊，心中坚定要娶她为妻。我们结婚那天，村子格外热闹，所有村民都来祝贺我们。我也把玛丽娅两个尚在襁褓中的孩子，当成自己亲生孩子对待。事实上，露西亚才是我唯一亲生的孩子。

我们结婚不久，玛丽娅的身上出现红色斑点，到医院检查被告知HIV阳性。政府免费发放的抗艾滋病药品，排队领取要等上几个月甚至一年。为了不耽误病情，我把约翰内斯堡的房子卖掉为她买药治病。医生说只要终生服药可以像正常人一样生活，而我因为车祸造成失去男性功能才躲过感染艾滋病的风险。她的病时好时坏，用药的计量不断加大，医疗费用也在逐步攀升。经济负担加大，使得我们才慢慢变成现在的窘境。妻子嫁给我之后，她一直在尽妻子的本分。每天为我做饭洗衣，下雨天我的腰部疼痛，她忍痛为我按摩腰部。别人说她是为金钱出卖肉体的女人，可是，又有谁知道独自抚养两个孩子的苦。

十几年过去了，家里可以变卖的东西全部变卖。后来，家里没有一分钱为她治病，我才决定到公司打工挣钱，可是，没想到她留下孩子结束自己的生命。她曾经无数次对我说："如果有下辈子，我想做个男人，不让自己活得那么劳累！"

说着曾经的三个女人，热脑袋脸上流露出生活给予的考验和洗礼。有幸福欢笑，更有刻骨铭心的伤痛和过往。他说生活让他知道苦难，也让他感谢命运。

我们几个人听着热脑袋的故事跟着他欢笑、愤怒、伤心和懊恼。一旁的假小子马小燕已经哭成泪人，从未关心过小姑娘的李涛莫名关心她。后来，李涛在公司职位像开花的芝麻——节节高。

四人行

　　六月，约翰内斯堡刚刚进入旱季，天气异常寒冷。我的劳动合同期限即将结束，公司委派我到最南端的城市开普敦城与一家公司洽谈项目，同时，把工作考察当成旅行。我欣然接受公司安排，毕竟非洲的生活总是在工作中进行。

　　说起开普敦，我想起热脑袋卢安蒂诺，他出生在那里，让他担任我的向导再适合不过。公司同意热脑袋作为我向导的提议，李涛则代表公司宣布热脑袋可以回公司上班，即日起计算薪水，而且薪水是做清洁工时的六倍。听到这个消息的热脑袋立即通知给露西亚，她得知父亲找到新工作时高兴得大叫起来。

　　两天后，我们带着食物、现金和一张标准银行的银行卡上路了。李涛、卢安蒂诺和我三个人向非洲大陆南端的城市开普敦出发，临行前马小燕和李涛两个人像牛郎织女般难舍难分。一旁的同事拿两个人开玩笑，领导站在远处看着小情侣乐得合不拢嘴。两个性格外向平时大大咧咧的小青年，在那一刻却掉下了"小金豆"。

　　话别，三个人的旅行开始了。从约翰内斯堡到开普敦约有一千五百公里，行车顺利的情况下需要十四个小时。根据与对方公司约定时间还差四天，决定边走边玩赶往开普敦。一千多公里的路程对于我来说是不小的挑战，尽管如此，一路上经过好玩好看的地方还会驻足欣赏。车子行驶到约翰内斯堡南部三百多公里的自由邦省韦尔科姆城时，决定吃午饭，顺便，到当地旅游名胜地参观一下，之后，再继续赶路。

在韦尔科姆城吃过一顿快餐后，决定前往当地最著名的收藏馆。这座城市并不大，建筑风格却非常别致。我与李涛两个人边说边笑走进博物馆时，不小心撞到一个人，几本书从她怀中掉落。我急忙捡起掉落在地上的图书，抬起头发现站在面前的小姑娘是亚洲人。在中国人比较稀少的韦尔科姆城不能判断她的国籍，正当我要用英语说对不起时她笑着开口说道：

"中国人？在这里可以碰到自己的同胞实在高兴。"

"你好，我叫李涛！这是我的同事刘开，很高兴认识你！"李涛急忙走到她的面前开始自我介绍。

"你好，我叫李丹，是南非大学的硕士生。不过，现在我正在游学。"长相清秀举止文雅的小姑娘带着一副黑框眼镜，看起来一副弱不禁风的样子。

看着被我撞落在地上的书籍，我好奇地问："在南非学习矿业工程专业吗？"

听到我的问题她很惊奇，用手推一下自己的眼镜："你怎么知道我是矿业工程专业？我们认识吗？"

"哈哈哈！看你手中的书都与矿业有关系，所以，猜想你是在南非大学矿业专业学习。"

"是啊！这是一座小城市，但是，最近几十年迅速发展成为南非金矿带中心，位于城市北部十五公里处的奥登达尔斯勒斯是金矿的主要矿区。这里的交通网络发达，铁路可以通往约翰内斯堡和开普敦。我在准备硕士论文，最近几个月都在游学寻找论文材料。我在此停留将近一个月的时间。"

"下一站你准备到哪里？"李涛贴在李丹的身边笑眯眯地问。

李丹看着李涛殷勤的样子，不由得往后退几步说："我应该会很快离开这里，具体目的地还不确定。"

寒暄过后我们走进博物馆，李丹则快步离开。韦尔科姆博物馆并没有国内藏品量丰富，只是展示南非白人统治时期的物品和黑人被奴役的历史记录。停留一小时后结束博物馆之行，走出博物馆竟然发现我的车子停在门口。心里不由担心被警察拖车，我立即跑过去才发现热脑袋坐在驾驶位置上。他看到我紧张的样子大笑起来，这时，我才想起来热脑袋很早便会驾驶汽车，只是一直把他当成清洁工。

"长时间开车很累，接下来我来驾驶。"热脑袋神态自若地说。

"你已经很多年没有开过车，没有关系吧！"

"老太太看孩子扔下的活，现在捡起来便会干！你们上车，不用担心！"热脑袋说着俏皮话发动汽车。

我们上车继续朝着南方行使，车子刚要驶离韦尔科姆城，在路边看到一个熟悉的身影。那个名叫李丹的姑娘正在路边挥手拦车，坐在副驾驶上的李涛立即示意热脑袋刹车。

"嘿！世界真是太小了！在这里又碰到中国同胞，你去哪里啊？我们可以带你一程。"李涛问道。

李丹仔细打量着我们三个人和车子里面的状况，看她心里有些顾忌我严肃地对她说：

"我们要去开普敦，如果你去南方，可以捎带你一程。都是中国人，不会对你有任何的恶意。"

"谢谢！我也要到开普敦参加建筑设计研讨会，可以搭你们的顺风车吗？"

"当然！刘开大哥已经同意，上车吧。"李涛笑着说。

李丹依旧表情紧张地观察着我们，然后，小心翼翼地拉开车门。她把自己的行李背包放在后排座椅的中间位置，我和她坐在座位的两端。

"坐好了吗？我们要出发了……"热脑袋微笑着对李丹说。李丹用一口纯正的英语回应他，我们继续旅行。

南非的国道没有太多的车辆，车子行驶起来很顺畅。坐在车子上的李丹一脸沉默，心中若有所思地看着车窗外的风景。突然，车载广播里播放起牙买加歌手鲍勃·马利的歌曲《No woman，no cry》。无聊的我和热脑袋跟着广播一起唱起来，一首歌曲两个人循环播放无数次。无意中发现坐在后排座位的李丹，偷偷地抹眼泪。

看到她伤心的样子，热脑袋关掉收音机，我从背包里拿出一包纸巾递给她。看到递过来的纸巾，她用双手擦掉脸上的泪水。她依旧转过身看着窗外，正在开车的热脑袋用祖鲁语对我说：

"小姑娘是个要强的女人！"

"是啊！估计她性格很倔强，应该是拥有故事的女人。"我小声回答。李丹继续看着窗外的风景一言不发。

"性格要强是好女孩的表现，她的样子让我想起吉娜福拉。外表是拒人千里之外的样子，可她内心却是火一般的炙热，你要好好珍惜把握机会。"

我白了热脑袋一眼说:"老人家,谢谢你这个大媒人的好意。你先把自己问题解决好。"

"我的问题是两个孩子!对于我来说,女人已经不再重要。我曾经也算了解过很多女人。"卢安蒂诺开着车说。

"你三位妻子的故事,我们仍然清晰地记得。你并没有真正得到过她们,可是,也没有真正失去她们。爱情并不是等号,永远是疑问号和省略号。"

"为什么这么说?为什么是疑问号?为什么不是句号或者感叹号呢?在你们男人的世界里永远都在寻找不同的新奇的女人?"一旁的李丹用祖鲁语严肃地质问我。

我被身边的女人惊呆了,她的英语纯正、祖鲁语流利。一旁聊天的我们被她严肃的表情震惊,正在副驾驶位置上睡觉的李涛也被她凛冽的语气吵醒。

"不好意思!理想总是遥不可及,爱情又可遇不可求。对我来说,它们都是奢侈品,有最好,没有也只能继续活着。我的回答如果让你觉得生气,请原谅我的无知!"我急忙向她道歉。

"为什么男人总喜欢新鲜的事物?那些真正爱你们的女人一文不值吗?"她说话的样子有些歇斯底里,我刚要开口回答,她却再次大声问道:

"为什么男人都这样,难道一切都是女人的错?"车内的她越来越激动,看着她气愤地表情,我并没有立即回答,而是静静地用另一种方式听她诉说。

对我的责问，说明在她心中我已经被打上"渣男"的标签。我没有说话而是等待她情绪慢慢地平复，不过，车子里的气氛十分尴尬，几乎可以听到每个人的呼吸声。见情绪平复之后，我像她一样望着窗外说：

"爱情付出与回报并不成正比，总有人获得的多或少，所以爱情永远不是等号。爱情是个感叹号是因为她的永恒和不朽，爱情又是疑问号是因为爱情的话语，总是说不完听不尽。这才是我想对热脑袋和你说的话。"

李丹看着窗外："很抱歉，我刚刚太激动！让你们看到我的软弱和无助。"随后，她转过身看着我说："我以为你把爱情比作疑问号，是在寻找更多的女人。之前，我认识的男人说过同样的话。只不过你们对疑问号的解释不同，对不起，刚刚我对你很失礼。"

我和她不约而同微笑，笑容使得车内的气氛缓解很多。我们开始聊旅行的目的和路上的趣闻轶事。

"你们为什么到开普敦？难道也是参加建筑研讨会吗？"李丹尴尬地问道。

"不！我们和一家建筑公司洽谈合作项目。随后，我们便回约翰内斯堡。"

"哇塞！太棒啦！我参加完会议也要回豪登省，我们可以顺路一起走。"

"好！同胞可以相互照应，不过，刚刚你在韦尔科姆为什么不直说？"我问道。

李丹看看李涛并没有说话，李涛睁大眼睛问李丹："是不是觉得我像专门拐卖女性的坏人。"李丹微笑着点点头，失望的李涛坐在车上郁闷起来。

"我在韦尔科姆购买前往开普敦的火车票,前往火车站后才发现火车早已经开走。为了不耽误后面的行程,才决定站在路边拦车赶往布隆方丹,然后,在那里乘坐其他的交通工具赶往开普敦。但是,没想到运气这么好在路上遇见你们。"

"是啊!你运气真不错,坐当地人车子太危险。不过,你怎么能独自出来做论文调研?胆子实在太大啦!"李涛凑过来问道。

"我来南非已经四五年时间,起初,我住在夸祖鲁-纳达尔省的德班,那里很多人讲祖鲁语,所以,刚刚你们用祖鲁语交流我可以听懂一些。今年,是我在那里最后的几个月,想用旅行结束在南非的生活和学习,让旅行冲淡曾经的不堪和过往。"

五六个小时后,天色见晚,车子抵达南非的司法首都布隆方丹。本打算找一家汽车旅馆住下,考虑到女生李丹的安全我们到市内一家三星级酒店下榻。李丹说她要住在旅馆,住宿费会便宜一些。

"不用担心,你的住宿费我们承担了,一个中国女孩子在非洲不安全,你要知道,我们领导到外省开会都租赁私人飞机。"李涛说着从我的口袋里拿出标准银行的信用卡开出两间房间。我和李涛一间、李丹独自一间,热脑袋为了看守车上的资料,选择在车上休息。

晚餐后,李涛在房间和马小燕煲电话粥,不愿意当电灯泡的我无聊地走到酒店大厅内听着音乐,看着酒店门外熙熙攘攘的人群。六月的南非天气寒冷,外出时人们穿上棉服或薄薄的羽绒服,原本习惯每天T恤衫配短裤的我也穿上厚衣服。我觉得无聊,到酒店外面走走欣赏外面的夜景。晚上七点的布隆方丹天色完全暗下来,欧式古朴的建筑群在灯光的照耀下显得更加的诱人。布隆方丹在南非荷兰语中是"花之根源"，在塞索托语中被称作"猎豹居住的地方"。我从酒店步行到奥兰治自由邦总统克里斯蒂安·鲁道夫·德韦特的雕像前，夜幕下看着雕像和宏伟的建筑物被灯光涂上一层金色的光芒。街道上人们三三两两行色匆匆，路边的酒吧亮起昏暗的灯光，穿着暴露的站街女刚刚开始一天的工作。旅行中的人和风景与我没有任何关联。

看着街头不同的人和不同的风景我返回酒店，距离酒店五六百米时看到两个男人拦住一个女人的去路。治安状况差是南非的社会问题，事不关己的念头立即在我的脑中产生。我径直朝着前方走去，经过他们身边时，发现被拦的人是李丹。不由得思考，我鬼使神差地大叫一声：

"快住手！你们干什么？"

两个当地人急忙四下张望，发现没有警察后，便走到我的前面竖起中指：

"你找死吗？混账货，别管闲事！"两个人下意识从口袋里拿出两把叠折刀在我面前比划起来。被撕烂上衣的李丹急忙躲在一旁的公交车亭里大声喊救命。

"她是中国人，是我的朋友，只要是中国人都和我有关系，劝你们赶紧离开，我刚刚已经报警。"说着，我掏出电话向他们展示刚刚拨出去的报警电话10111。两人满口污言秽语拿着刀子指着我的鼻子，其中矮个子男人拿起刀子朝着我刺过来。出于自卫本能，我双手抓住对方的胳膊，两个人扭打在一起。我使出全身的力气朝着他的裆下踢去，他捂着下体嗷嗷直叫倒在地上，另一名男子看到同伴倒地，趁我不注意一刀刺中我的胳膊。瞬间，我感觉到自己的胳膊一股热流，疼痛让我不顾一切的朝着抢匪猛踢，却没有踢到对方。这时，两个巡逻的警察从街头走过来，看到警察后两名男子朝着黑暗的地方逃跑。李丹也快速跑到我身边：

"你的胳膊在流血，我们需要到医院。"随后，在警察的帮助下她搀扶着我来到医院。皮外伤并没有大碍，简单包扎之后回到酒店。离开时警察严肃地说：

"以后，晚上出门最好结伴同行，切记独自在外面溜达，更不要去灯光昏暗人流量稀少的地方。"

警察善意的忠告，让我再次体会到国家社会治安良好的重要。回到酒店，李丹一次又一次向我道谢。我告诉她在遥远的非洲，同胞遇到危险怎么能不管不问，只要是中国人遇到危险都会站出来。

"不过，你要听警察的建议晚上不要独自外出，更何况你是个女人。你为什么晚上独自外出？"

李丹看着我久久没有说话，随后她看着酒店门外说：

"谢谢你救了我，请原谅我不能告诉你原因！假如可以的话，我会跟你说清原由。"

"没关系，你有自己的秘密。不过，在非洲还是要注意安全。"李丹没有说话只是不住点头。

第二天早上起床，李涛看到我胳膊上的扎带非常奇怪。我把昨晚发生的一切告诉他，两眼瞪得溜圆的他严厉指责说：

"身为老员工怎么能犯低级错误，公司安全条例规定遇到抢劫不能反抗保命最重要！你怎么能违反公司规定，万一你出现任何危险，公司要承担责任。"

"安全条例我当然知道，可是，两个男人不是要劫财而是对李丹不利。一个中国姑娘在这里受辱，她以后的生活该怎么办？况且，作为中国人怎么能眼看自己的同胞被劫匪侮辱而选择逃避。如果是你碰到这样的事情，一定会做出和我同样的决定。"

"你靠嘴巴生活，就是一张嘴巴厉害，我不与你争论！"李涛生气地说。

接着，我们带着行李下楼吃早餐。抵达餐厅时，李丹已经在那里等待我们，看到我们李丹脸上露出笑容主动问好。一起吃早饭，看我受伤的胳膊不方便，她一直在一旁照顾我。

李涛看到李丹的变化吃着早饭偷偷地笑起来。餐后，热脑袋把车子开到酒店门口。他看到我受伤的胳膊，脸上露出与李涛一样诧异的表情。

"不用担心，医生说是皮外伤没有大碍，只不过剩下的路程要让你和李涛两个人轮流开车。"

"放心吧！我一个人也可以开到开普敦，你要跟我讲清楚到底发生了什么事情？"热脑袋严肃地说。仿佛这台车子上的主角们好奇心都很强烈，热脑袋也是如此。

三个人的旅行，变成现在的四人行。车辆继续前往开普敦，我把昨晚发生的事情向热脑袋讲述一遍，李丹则在一旁补充。李涛听着我的讲解依旧在不停责怪我太鲁莽。他说为救美女，把公司的安全管理规定抛到脑后。我看着李丹苦笑一声，她难为情地低下头。

汽车继续朝南行使，在车上李丹讲起下个城市西博福特的故事。西博福特因为一个名叫克里斯蒂安·巴纳德的人声名鹊起。因为，他是世界上第一例实行心脏移植成功的医生。西博福特城南部的干旱台地高原国家公园也是南非著名的旅游景区之一。高原地貌适合夜晚观星，听完她的介绍，我们把下一站目的地定在干旱台地高原国家公园。路上的热脑袋像换了一个人边开车边哼唱歌曲，李丹也会时不时跟我们聊天，听我和李涛讲冷笑话。下午三点钟，我们抵到干旱台地国家公园，开车行驶在一望无际的半荒漠公园里，车内响起动人的音乐，头顶翱翔着一只只黑雕。傍晚，我们住在公园附近的一家小型旅馆。李丹说这里的夜晚非常安全没有城市的混乱和嘈杂，甚至，可以在附近的房车住宿。

办理旅馆入住时，老板热情邀请我们参加晚上举行的篝火晚会。那天晚上，旅馆客人都会集中在门前的大广场。旅馆老板准备了丰盛的自助餐和南非葡萄酒让大家享用。不同国家、民族的人聚集在一起，我们一同跳舞唱歌。忽然，我感觉世界其实非常的渺小。篝火晚会在大家的快乐的歌唱中结束。一些人回到自己房间，一些人则依旧坐在广场外面抬头望着浩瀚的星空。

篝火慢慢地熄灭，发现李丹依旧坐在篝火不远的地方，傻傻地望着远处。走到她身边轻轻地拍着她的肩膀，我慢慢地坐下来。她点点头又继续看着远方。

"你有很重的心事，对吗？你的脸满是忧郁二字。这样的旅行只会让你更伤心，为什么不尝试换一种心情去面对未来的旅行？"

她转身叹口气说："没有目的的旅行让人失望，可是，拥有目的地的旅行却让人绝望。"随后，递给我一张男人的照片说：

"这是我旅行目的地，他是我的大学同学，男女朋友关系的大学同学。我们准备走进婚姻殿堂，可在举行婚礼的当天他却留下一张离别信。信中他告诉我没有做好结婚的准备，决定到遥远的南非做农业技术员。看到他的离别信，我并没有流泪，反而决定跟着他一起到非洲，可是，他究竟在南非哪个角落却从未告诉我。我要找到他，问他为什么这样对我？有时，我会从睡梦中惊醒，梦到他告诉我一切结束了。有时，梦到他紧紧地抱着我流泪，早上起床我的枕头湿掉了。"

看着李丹伤心的样子我一语不发，也许，现在安慰她最好的方式便是倾听。听着她的旅行我不时点头、点头、再点头。听着她的旅行，我不时的苦笑、苦笑、再苦笑。为这个认识一天的女人感动、点头、微笑。

"几年前，为了找他我舍弃美国知名大学的邀请，转投南非大学矿业专业。来到这里一边学习一边打听他的下落，刚到南非时人生地不熟，只能依靠当地华人帮忙询问，却未有任何结果。没办法我开始恶补英语，学习祖鲁语和斯瓦西里语。每年我会利用暑假时间来寻找他，昨天，我在韦尔科姆的几家华人商店询问他的消息，回酒店的路上遇到刺伤你胳膊的两个人，他们试图非礼我，幸好你出现。其实，在南非的四五年里，这样的事情总会碰到。记得有一次，也是在南非独立日的前夕，到约翰内斯堡寻找他时，被几名人渣撕掉全身衣服只剩下一条短裤，不知道该如何保住自己，只能拼命地挣扎再挣扎，当时甚至想过自杀。可是，想要见到他的希望让我一次又一次的克服困难。我征服几乎所有的威胁，却无法摆脱对希望的恐惧。一次次的希望，换来一次次的失望，恐惧无时无刻不在包围着我。我累了、我失望、我绝望了！"李丹慢慢地躺在草地上看着天空。

坐在她身边，我听着风吹过的声音，看着随风一起流动的云。夜晚的天空中无数的星星闪耀出璀璨的光芒，神奇的银河系和麦哲伦云让我浮想联翩。美丽的夜空下，没有美丽心情的李丹却拥有一颗追逐曾经爱人的心。

"李丹，你觉得空中的星星美丽吗？这个问题对你来说很多余，因为，你的心里已经装满想要追逐的东西。不过，是否想过你想要的，并不是自己真正需要的。到非洲只是为了寻求答案，如果这个答案对你重要，可以继续寻找。如果已经猜到最终的结果，是否有必要继续接下来的旅行？"

"不知道！我不知道！也许，捕捉向往的爱情时，要用自己的心当诱饵，而不是我的头脑。"李丹默默地说。

"你心里早已知晓，只是不愿意承认感情的失败。每个人都有选择的权力，感情也是如此。不要让自己活得太累，更不能把一生放在不爱你的人身上。人需要接受现实，更要学会拥抱生活。活在回忆中只会让你更加痛苦，快乐和幸福也会离你越来越远。"随后，我指着天空的星系问道："你知道银河系的来历吗？你知道银河系两端的星系叫什么名字吗？"

躺在草地上的李丹摇头，然后，直勾勾地看着我。

"在希腊诸神中，主神宙斯为了让年幼的儿子赫拉克勒斯吃母乳，便趁自己妻子赫拉睡觉时，偷偷地把孩子放在她的怀抱里。当赫拉起身离开，洒出的乳汁在天空中蔓延便形成银河系；银河系的两端的短星系名叫大麦哲伦云和小麦哲伦云，它们还一个有美丽的名字叫好望角。公元一五二一年葡萄牙航海家麦哲伦行驶到赤道以南欣赏夜空时发现了它们。我相信麦哲伦不会像你一样，总是抱着糟糕的心情，不然，他永远不会发现两个星系的美。"

"是啊！我的生活和心情的确出现了问题，我会慢慢调整自己的心态。只有美丽的眼睛才能看到美丽的风景，只有完美的心情才能体会没有遗憾的旅行。谢谢你听我讲述自己的故事，从明天开始我要改变自己。让旅行变成生活，让生活成就旅行。"

　　夜晚的干旱台地高原空气干燥寒冷，那晚，我们坐在草地上聊了很久，累了便躺在草地上。她说了一些自己的故事，很多是我从未听闻的事情。她说自己喜欢旅行，未来的旅行不再是寻找，而是心中向往的旅行，直到深夜我们才起身回到各自房间。

　　第二天一早，驾车继续南行。一路上我们有说有笑谈天说地，李丹也不再沉默无语，向我们讲述自己在南非的所见所闻。为了不耽误两天后的会议，我们朝着开普敦一路前行。六个小时后，我们的车子慢慢驶入开普敦省，开普敦北部被纳米布沙漠包围，中部是高原卡哈迪荒漠戈壁，东侧是连绵不尽的丘陵山地。车子从中穿越时，仿佛进入另外一个世界。一路上，我们看到无数的野生动物和东开普省德拉肯斯山脉山脊上的皑皑白雪，非洲的白雪与中国的雪一样洁白。不久，我们抵达了欧洲人趋之若鹜的开普敦城。

10

穿棉袄的公交车

经过那晚意外，为照顾独自出行的李丹，我们四个人住进同一家酒店。由于胳膊受伤，我不能参加洽谈商务活动，李丹主动担任李涛的英语翻译。

经过一天的洽谈，合作伙伴欣然接受公司提交的设计方案，并拟定具体签约时间。李涛把好消息传回公司，领导用完美两个字表扬他未来的外甥女婿。为了褒奖我们，领导允许我们在开普敦多停留几天，不过，想念女朋友的李涛要立即飞回约翰内斯堡。回到开普敦的热脑袋没有了开车时的轻松，整个人变得沉默。他请求给他一天休息时间，并邀请我去他以往的家看看。

在开普敦的第三天，开车抵达距离开普敦城十公里外的小镇。热脑袋寻找他阔别已久的家，几十年历史变迁已经让他完全迷失在现代的小镇里。儿时的玩伴已经看不到身影，曾经那幢独立的别墅也不见踪影，小镇布满漂亮的欧式洋房。

他走在依旧沿用古老名字命名的街道上，身边的一切早已物是人非。热脑袋恍恍惚惚地走在街上，没有熟悉的风景更没有亲切的问候。不同的人虽走在同样的街道上，心中却产生不同的感觉，我心中有新奇

和疑惑，他心中却是恍惚和茫然。

"卢安蒂诺，三十年的变化太大了，家，我们可以慢慢找！"

"不！不找啦！没有家才是我真正的家。这里的一切都与我无关，我可以用全部精力照顾我的孩子，挺好！"说着，五十多岁的老头眼眶湿润了，来到这里让他想起自己的亲人，曾经的亲人让他饱受生活的辛酸。为了民族，他背叛父亲和家人，为了国家他选择大家，现在的他过着辛酸的生活。

"别担心！你的家人早已到欧洲国家生活。你的两个哥哥和前妻总比住在草房里的你幸福百倍。"看他伤心，我故意开玩笑说。

"哈哈哈！是啊，他们的日子比我好，三十多年过去，估计他们已经把我忘记了，不管怎样他们比我幸福。"他脸上露出笑容。

在陌生的街头走着，一个非洲人和一个亚洲人在同一条大街上走着。看着街道两边盖起的新房子一切那么陌生，走在街道上的我们漫无目的，却被几个看门的安保人员盯上。一位身材魁梧的保安大喊道：

"嘿！在这里转来转去干什么？这里是私人住宅，禁止外人闲逛，赶快离开！"

听到保安人员的驱赶，热脑袋走到他身边问道："先生，你好！请问你是小镇上的人吗？"

"怎么啦？你有什么问题？"保安双手叉腰严肃地问。

"请问你听说过多诺万·希尔吗？我想打听他们一家人的情况。"原本放弃寻找家人的热脑袋不由自主地问起来。

"什么多诺万？什么希尔？不知道，别假装打听事情，到这里实施不法活动，你们这样装腔作势的人我见多了。"

"我的父亲叫多诺万·希尔，曾经住在这里。我叫……"热脑袋说话时，从另外一幢房子里冲出一位老太太，她站在门口大声问道：

"谁在打听该杀的多诺万·希尔，那个吃人不吐骨头的商人。谁在说他的名字？"

热脑袋听到老太太的谩骂并不感觉惊奇，离家之前，他已经习惯街坊四邻对父亲和两位哥哥的咒骂。

"你好，是我刚刚在问他们的消息，你知道他们的状况吗？"

"当然！几十年前，希尔家族是这里有名的钻石开采商。起初，他对街坊四邻和当地人很照顾，可是，自从他被抓进监狱之后，整个人变得残暴、吝啬、冷血。他替白人政府工作，当上议员之后成了白人的狗腿子。他两个儿子更加凶残，为了赚钱要求工人没日没夜工作加班，工人站出来罢工，希尔家的人开始雇佣打手对工人进行长期压迫和殴打。最严重的一次，他们当众打死六名工人。从那时起，希尔家族成为这里的恶魔，每个人都惧怕他们的殴打和恐吓。一九九四年，我们神圣的曼德拉当选总统，才把希尔家族的产业查封。但是，多诺万·希尔不服从新政府的政策，依旧私下与白人谋划反对曼德拉政府。后来，他被警察逮捕，死在监狱里。他的两个儿子携款潜逃……"保安打断老妇人的讲话，指着热脑袋问：

"你说自己是多诺万·希尔的儿子，你到底是谁？"

老妇人急忙走到热脑袋面前自言自语地说："你是希尔的大儿子还是二儿子？我的上帝啊！难道你是卢安蒂诺·希尔？"

"对！我是卢安蒂诺·希尔。"他笑着看着老妇人。

"哦！上帝啊，你竟然还活着！你离开几十年，大家都在寻找你。你是民族运动的英雄，小镇上的人不会忘记。这么多年没有你的消息，大家都以为你死了。"

听到老妇人的话，保安也立即伸出手问候说："您好，原来您就是热脑袋？您是这里鼎鼎大名的人物，为国家和同胞抛弃富贵，反抗白人政府，您值得我们尊敬！"

老妇人再三确认是卢安蒂诺后，在街上高举双手大叫着：

"大家都出来！我们的热脑袋回来了，热脑袋回来啦！！！"

老妇人从街头跑到巷尾大声喊着"热脑袋回来了！"不一会儿，大人、小孩都聚集在大街上。一些拄着拐杖的老人看到热脑袋都紧紧地和他拥抱，年轻人也跟他握手问好。小孩子们围在他的身边大声喊叫热脑袋……热脑袋！

听到孩子们喊叫热脑袋，老妇人急忙说："嘿！淘气的孩子，热脑袋可不是你们叫的。热脑袋是小镇的英雄，只有他配得上热脑袋这个称号！以后，你们要叫卢安蒂诺爷爷，没有他的帮助你们恐怕见不到自己的爷爷奶奶，也不会有你们！"

"您好，卢安蒂诺爷爷！"孩子们异口同声地向热脑袋问好。

大家邀请热脑袋到家里做客，他们决定为热脑袋举行盛大餐会，站在一旁的我也受到他们的邀请。一个小时后，镇子里的人们拿着家中最好的食物，聚到镇中心的小广场。吃午饭时，人们踊跃地向热脑袋敬酒。大家邀请热脑袋讲述他在外面的生活和故事。

不知如何表达的热脑袋站起来走到我的身边说："我在一家中国公司工作，工作很开心日子幸福。"

"好人一定有好报！你是个大好人，不像你的两个哥哥。你的父亲去世时，他们没有到监狱里收敛遗体，而是拿钱溜走。你的妻子伊达莉娜·威廉在你父亲去世之后，在酒吧里工作。后来，听说他嫁给有钱的商人，不过，没多久他们便离婚。再后来，听说她嫁给一个公交车司机。"一个上年纪的老先生慢悠悠地说。

"老先生，今天卢安蒂诺大叔回来，你不要说那些陈年往事，大家开心吃饭喝酒，不提让人烦心的事。"年轻女人说。听到大家的议论，热脑袋低下头陷入沉思。

下午三点钟，热脑袋拉着我的手悄悄地离开聚会现场。他没有与任何人告别，他说自己要像三十年前那样默默地离开，不让任何人知道他的离去。他已经不属于这里，这里的人也不必回忆他。

他没有与任何人告别，告别从未真正属于他。我们离开了热脑袋出生的地方，这个让他拥有和失去一切的地方。

★ ★ ★

李丹决定继续旅行，到东部沿海城市德班。即将告别南非，我决定和她一起在几个城市之间进行一次旅行。李涛因想念假小子马小燕整个人变得十分焦躁，他想立即返回约翰内斯堡。为了让他安全抵达，安排热脑袋开车送他回约翰内斯堡。

"我和热脑袋开车回约翰内斯堡，你和李丹怎么办？"李涛问道。

"一直以来我的旅行都靠公共交通工具，我会坐长途公交车或者火车。"李丹笑着回答。我站在她的身边不住地点头，心里却在打鼓，自己从未乘坐过南非的公共交通出行。

"你能行吗？刘开从来没有坐过南非的公交车。"李涛疑虑重重地说。

"没关系！有李丹照顾，我一定会尝试着学习。你放心，我们约翰内斯堡见！我会把路上发生的故事记录在纸上说给你们听。"

吃完早饭，四人行分成两路出发了。分别之后，我们踏上各自的旅程。跟在李丹身后拿着一张南非的地图，找寻前往德班的路线。我建议选择火车，李丹说我们乘坐公交车，而且是城市之间的公共车辆。说自己要到每个城市走走，当她说出这句话时，我明白她仍在寻找男朋友的

音讯。看她坚持的态度我只能妥协，并不想自己的第一次南非旅行没有开始便结束。

跟在她身后听着她讲解注意事项，来到开普敦公交车总站上车。她说有两条道路可以选择：一条路是内陆路，路况比较好十七个小时即可抵到德班；另一条路比较辗转，不过，乘坐公共交通工具可以到很多城市游览。第二条路线可以经过很多沿海城市，沿途的风景非常优美。随后，她拿着地图划出旅行路线：第一段、开普敦到赫曼努斯；第二段、赫曼努斯·经布雷达斯多普到阿古拉斯；第三段、阿古拉斯到伊丽莎白港；第四段、伊丽莎白港到东伦敦；第五段、东伦敦到乌姆塔塔；第六段、乌姆塔塔到德班。

看到她的旅行计划我脑子反应有些迟钝，心中像一团乱麻不知道该如何反驳。许久之后，我看着她说：

"你的旅行计划好像是从地图上画下来，亲身经历过吗？原本从开普敦城到德班开车十六个小时，被你安排成六段旅程，大约需要几天才能到达德班。"

李丹脸上露出莫名的笑容说："哈哈哈！按照我的旅行计划乘坐公交车、火车、搭顺风车等方式最快六天抵达德班。我们每天乘坐一段交通工具，剩下的时间可以一起探访各地旅游名胜。这便是我的旅行，也是大家最常用的穷游。"

"我们可以住当地青年旅馆和廉价汽车旅馆，如果还想省钱，还可以选择露营或者在汽车站大厅里休息，一些二十四小时营业的快餐店也可以睡觉。"

我问她以前是否常用这些方法，她笑着对我点点头。

"在南非的四五年，每年的暑假都会在各个城市之间旅行，同时，也在寻找他的影子。如果，你觉得很累，你可以选择购买机票直接抵达德班。"

"你能做到的事情，我同样可以，我会向你学习做个穷游的旅行者……"我坚定地说。

随后，我们坐上开往赫曼努斯鲸鱼小镇的公交车，这个城市距离开普敦一百一十五公里。每年，很多游客到这里观看鲸鱼。这个靠着大海的小城始建于一八九一年，古朴的街道用石头铺就而成。干净的街道、蔚蓝的天空和澎湃的大海让一切都变得和谐。抵到赫曼努斯之后，我们在小镇的街道上和海边漫步，每次看到亚洲人的样貌李丹都会立即一番询问，她从未放弃寻找抛弃她的男人。

第二天，我们抵达被人们称为好望角的阿古拉斯，站在大海边我们

大喊出各自的梦想，李丹用尽全身的力气，大喊出伤害她的男子姓名，但是，她的怒吼被海浪带走，没有人听到男子的名字。

第三天一大早，我们坐上开往伊丽莎白港的大巴车，这段旅程长达六百多公里。坐上公交车，我很快进入梦乡，李丹坐在一旁傻傻地看着窗外。车子行驶一百多公里时，车子撞上前面正在行驶的小客车，车内的乘客大声尖叫，并双手合十向耶稣祈祷平安到达目的地。司机的一句话让人们希望破灭：车子抛锚了。大家只能自己想办法继续剩下的旅程，听到司机的话，车上的乘客纷纷指责公交车司机。

一些乘客坐在公交车上一动不动等待修理车子，我和李丹无奈地走下车朝着司机所指的小镇，换乘交通工具前往伊丽莎白港。快到小镇时，发现身后一位老先生和一位年轻漂亮女人跟在我们身后。

走到公交站后才得知，发往伊丽莎白港的公交车要等到明天，因此，决定在小镇旅馆住下来。为了节省旅行开支，李丹建议我们居住多人间的青年旅社。现在，小镇的客人不多，我们可以省一笔费用。

打开旅馆房间门后，一个空旷的房子里摆放四张床。我和李丹各躺一张床，进屋坐下不久，刚刚跟在我们身后的一老一少也进了房间。

旅馆老板笑着对我们说："今晚你们四个人住在一个房间，大家要保管好各自的财物，如有丢失小旅馆概不负责！"

老先生走路时一条腿有些跛脚，年轻姑娘一直搀扶着他。我盯着李丹说自己第一次和陌生人住在同一个房间。老先生和年轻的姑娘进入房间后，热情向我们打招呼，我们急忙回应。老先生说他们父女二人要去伊丽莎白港看病，他坐在床上用一口祖鲁语向我们夸耀自己孝顺的女儿。他身体不太好，到大城市去看病每年花费很大，如果没有这个孝顺的女儿他早已入土。老先生笑呵呵说着，他女儿在一旁收拾放在床上的行李。健谈的老先生满脸堆笑对我们说：

"你们是哪国人？我还是第一次和外国人这么近距离讲话。我家在偏远的地方，很少有机会到大城市。如果没有我女儿照顾，这辈子别想走出那座大山。"说着，老者又夸赞起自己的女儿。他的女儿是混血，漂亮的眼睛搭配精致的五官，仿佛是一位颇有气质的女明星。

"老先生，我们是中国人，在南非旅行。现在，我们也要去伊丽莎白港。随后，我们还会坐车到德班。你们父女二人一路注意安全！"我急忙回答。

"小伙子，谢谢你关心！我叫莫德鲁是西开普省人，这是我的女儿名叫拉蒂莎·莫德鲁。这个名字是我为她取的，希望她长大之后做个快乐的女人。"拉蒂莎看着自己父亲高兴地笑起来。

小城镇没有喧哗和嘈杂，像一个年迈的老翁在黄昏的时光中沉睡。我们前往一家名叫La sosta 的白房子餐厅。餐厅的装修风格十分简洁，但是，精致的菜肴让我们大饱口福，海鲜饭、香煎小牛排、生菜紫甘蓝、什锦水果鸡蛋让我们了解南非西餐文化。

我们用餐时，看到拉蒂莎身着一件白色晚礼服和一位中年男子走进餐厅。走近餐厅时男子一只手不停地抚摸她屁股，拉蒂莎看到我和李丹并没有打招呼，仿佛我们两个人是空气。她和男子有说有笑，期间男子不停地亲吻着她的耳朵。他们风卷残云般的吃完饭，男子双手搂着她走进餐厅对面的一家酒店。几十分钟之后，拉蒂莎双手捂着胸口从酒店走出来，正好碰到从餐厅走出来的我和李丹。看到我们二人她表情非常尴尬地说：

"晚上好，没想到在这里遇到你们夫妇。"

"不不不！我们是朋友关系，两个人结伴到德班旅行。"李丹解释说。

"哦，对不起！以为你们是夫妻，不过，我想求你们一件事。"她四处张望，然后，对我们小声说：

"麻烦你们回到旅馆时，不要在我父亲面前说在这里看到我的事情，好吗？"

我和李丹点头，随后她便离开。当她的双手离开胸口时，李丹发现她的胸口有一个牙齿印。离开不远，她拿出镜子和粉底对着胸口的牙齿印擦拭起来。

一餐美食之后，我和李丹决定去游览当地的教堂。这个决定对于一个热爱建筑学的李丹和热爱宗教文化的我来说是最好的选择。我们抵到教堂后，发现星期一晚上的教堂并不冷清，所有教堂都可以看到虔诚的信徒前来祈祷。这样的场景，我想起一位非洲朋友的话："在非洲有两个职业可以挣到大钱：政治家和神父！"小镇的教堂多以天主教和基督新教为主。教堂的规模没有欧洲教堂的宏伟，不过，巴洛克建筑风格却十分普遍。除了建筑的美，教堂内信徒的虔诚让我们感到动容。每个人看着耶稣像和圣母玛丽娅圣像时，脸上都露出渴望新生活的祈求。三五成群坐在教堂里面，听神父讲解的人们不时点头。随后，他们跪下来祈求上帝的原谅和赐福。每到一个教堂我们都会坐下来，听神父讲宗教和人生哲理。最后，来到一所名叫NG Kerk的教堂，这所白色外墙的教堂是小镇上比较高大的建筑之一，我们停留的四十分钟里听到两次钟声，钟声响起时，人们心里会平静很多。李丹默默地走进教堂里的忏悔室，她坐在里面和神父聊天许久。

参观四五个教堂之后，原本心中焦虑的李丹变得平和。她说很喜欢教堂的建筑风格，但是，从未真正去了解教堂里面的人和故事。在国外这么多年，她是第一次进入讲堂里面听神父讲课，也是第一次走进告解厅和神父独自忏悔。她走出告解厅时心中牢记神父的一句话："获得和失去都是一种幸福，只是心中的执念在作祟，接受失去才能真正获得。"

教堂旅行之后，我们来到小镇大街上。路边酒吧的招牌亮起灯光，我和李丹在街上漫步，无意中来到一家名叫Elements的酒吧，门口的电子屏招牌不停地闪烁。六点钟的小镇已经变得昏暗，进入酒吧我们坐在

木质桌子旁，点上两杯Savanna啤酒听着当地蹩脚的蓝调音乐。

世界原本很大，可是有时却变得那么小。我们进入酒吧不久，拉蒂莎也走进来，她独自来到酒吧里，走进之后她并没有向服务员点餐，而是坐在里面四处张望身边的男人。观察许久过后，她走到一个独自喝酒的白人身边说了些什么。

满脸胡须的白人惊讶地打量着面前的拉蒂莎。他亲吻拉蒂莎的额头，随后，抬手召唤服务员为拉蒂莎点餐，两个人有说有笑气氛很融洽。聊天时她无意中看到我和李丹主动向我们招手问好。

酒吧的客人不多，气氛很柔美。音乐响起之后，拉蒂莎和白人站起身跟随着音乐舞蹈。几首音乐之后，两个人走出酒吧。李丹看着拉蒂莎离去的背影不停地摇头，然后，放下手中的杯子跟着拉蒂莎跑出酒吧。

"拉蒂莎，我想和你聊聊！"李丹跑到她面前严肃地说。

"我知道你要说什么。不过，你可以在酒吧等我吗？一个小时后，我回这里找你们。"我拉扯李丹的衣服，劝她回酒吧等待拉蒂莎。

白人男子看到李丹的样子笑眯眯地问拉蒂莎：

"这位是谁？她是你的朋友？"没等白人说完，拉蒂莎拉着他急匆匆地离开。我们返回酒吧等待拉蒂莎回来，我不知道李丹想和拉蒂莎说什么，两个人傻傻地坐在酒吧。一个小时过去，没有看到拉蒂莎的身影，两个小时过去没有看到拉蒂莎身影。我们回到旅馆，看到拉蒂莎的父亲莫德鲁独自躺在床上。听见开门的声音，老先生急忙从床上坐起来：

"你们小两口回来了，还以为是我女儿拉蒂莎。你们在小镇上看到她吗？她到外面餐厅买些吃的，可去几个小时还没有回来。我担心她在外面出事！"

"老先生，你不知道自己的女儿在外面做什么工作吗？"李丹走到他面前严肃地说。

"当然知道！我怎么能不知道自己的孩子做什么？没办法，我们没有文化只能在酒吧做服务员。不然，她还能做什么？"

"当然不是！她在外面做……"当李丹要说出那几个字时，我急忙拦住她，笑嘻嘻地站在老先生面前。

"是啊！在酒吧做服务员很好，客人给小费也很多。有这样的女儿是您的福分。"

莫德鲁老先生来自西开普省的乡村，年轻时，他是学校的一名祖鲁语老师，对家中孩子的学习要求非常严格。不过，一家七口人仅靠他一人的工资无法解决全家人的生活。在农场工作的妻子去世后，他身体也每况愈下，一家人的重担都落在大女儿拉蒂莎的身上。拉蒂莎从小就非常顾家，把家里所有的事情照顾得井井有条。老先生患病七八年，几乎每年都要到伊丽莎白港治病，那里的医生对他的病情十分了解，用药也很准确，但是，价格昂贵。他跟拉蒂莎说在当地治疗不用花费高额的费用，她却执意要求到伊丽莎白港治病。老先生说话时不停的唉声叹气。

正当我和李丹坐在一旁听莫德鲁讲诉拉蒂莎时，她手中拎着两盒晚餐从门外走进来。看到我们在和自己父亲聊天，她表情紧张地说：

"你们在聊什么话题？"

李丹看着她说："聊你的事情。"

听到李丹的话，拉蒂莎紧张地看着父亲说："我有什么事情让你们聊！"

看到气氛尴尬我急忙走到莫德鲁身边说："你父亲刚刚还在夸你，说你是顾家的好女儿。"

拉蒂莎把手中的饭菜放在桌子上，照顾父亲吃晚饭。那时，已经是晚上十点钟，餐盒里面有几块牛肉、两个鸡腿和意大利面。老先生让女儿和他一起吃饭，拉蒂莎说自己在外面吃过饭。在昏暗的灯光下，发现她的脖子有淤青。李丹微笑着和莫德鲁老先生说：

"老先生你慢慢吃，我们三个年轻人到外面聊天。"

李丹、拉蒂莎和我来到旅馆外的草地上坐下来，三人坐在草地没有说话，只是抬起头看着天空中闪烁的星星。

原以为李丹会第一个发问，却没有想到第一个开口的是拉蒂莎。

"我知道你们想要说什么，也知道你们要指责我什么。"

"既然你知道我想要说什么，为什么不能捡起女人的尊严好好活着？"李丹压低声音，盯着眼前的拉蒂莎说。

"对于富人来说，尊严是可以炫耀的财富，而对于穷人来说是无形的负担。"拉蒂莎看着我们说。

"穷人、富人都有尊严，人活着都需要尊严，不是贫穷就应该放下尊严，更不是像你一样自甘堕落。难道每一个穷人都可以放下尊严去违背道德良知吗？"

拉蒂莎听到李丹的指责并没有反驳，时不时回头看着父亲所在的房间。

"既然你害怕父亲知道自己所做的事情，为什么还继续做？作为女人我真的替你感到羞耻，虽然，非洲的性行为开放，可你不能成为男人蹂躏的玩物，你是独立的女性，为什么要去出卖肉体？"

"钱！因为钱！我需要钱，我的家人需要钱，难道我是为性爱才出卖肉体吗？在我眼里那些男人是动物、禽兽，和他们在一起只为金钱，明白吗？"听到出卖肉体，拉蒂莎歇斯底里般在李丹面前喊道。

拉蒂莎的怒吼引起旅馆老板的注视，我拉扯李丹的衣袖，并让一旁的拉蒂莎坐下来。满脸绯红的拉蒂莎坐下来又压低声音说：

"十五岁我失去母亲，父亲的身体越来越差。家里五个弟弟妹妹都在上学，一家人的生活我必须担起来，不做妓女能怎么办，我又该去做什么？我的生活不是故事，没有人愿意去了解我，却在无端谩骂、指责我。难道只有我们忍饥挨饿才能让你们高兴。"

李丹急忙坐在拉蒂莎的身边抓着她的手说：

"拉蒂莎，我不是在指责你，更不是在谩骂。非洲人的性观念开放，可作为女人应该活出自己的人生和尊严。"

"你们每个人都有自己的生活，我却没有属于自己的人生。因为，我为家人去努力生活。有些人为了梦想放下尊严，有些人为了爱情放弃尊严，而我为了家人丢掉尊严。"

李丹听到拉蒂莎的话陷入沉默，许久，她仰望天空默默地说：

"有人为了爱情放弃尊严，其实，这句话用在我的身上最合适。为了爱情，我放弃尊严和家人来到非洲。"

李丹傻傻地笑着说："在这里，我最没有资格指责你，更没有资格劝你改变生活，我的生活和你一样。你经受的是肉体的蹂躏，而我却在遭受精神折磨。"

穿着单薄的拉蒂莎紧抱双臂说："最惹人耻笑的人，永远是先说别人坏话的人。无论在哪里妓女都是被人耻笑的人，但我并不好吃懒做也不嫌贫爱富，我的家人需要钱，我们需要继续生活。"

不明所以的我，对拉蒂莎建议说。"你可以到公司、商场、商店从事服务工作，甚至到当地富裕家庭做钟点工。"

她看着我呵呵地笑起来，然后，躺在已经发黄的草地上给我们讲了关于她的故事。

"十五岁那年，在邻居介绍下，我到城里一位知名商人的家里做女佣。我每天负责六百多平方米豪宅的清扫、洗衣服，有时还帮着厨娘摘菜、洗菜。佣人的工作虽然辛苦，但是，每个月可以获得五百块钱的薪酬。时间过得很快，一年后雇主六十多岁的父亲从英国回来，安排让我负责照顾他的生活起居，原本打扫卫生的我，只能学习照顾雇主的父亲。为了让我照顾好他的父亲，雇主给我加薪水，还在家里给我安排佣人房居住。年仅十七岁的我，挣到每个月七百块钱的工资，家人都替我高兴。幸福来得突然，总会带着猝不及防的厄运。在照顾雇主父亲时，六旬的老头总对我动手动脚。为了工资和家人我选择隐忍，可是，我的退让被老淫贼看成懦弱。有一天，我帮他整理床铺，他竟然用力撕烂我的衣服，被惊吓的我大叫起来，引起家中雇主夫妇和厨娘的注意。他们看到我身上破烂的衣服，没有说一句话，而是拿出五十块钱放在我的手中便离开。随后，我都会和他保持一定的距离，避免单独和他相处。可是，变态老头开始故意刁难我，总是把衣服和床单粘上污渍。雇主看到他父亲身上的污渍，便会质问我是否在虐待他，并对我拳打脚踢。回到家里，父亲和弟弟妹妹们看到我脸上和身上的伤疤，我只能说自己不小心摔伤，心里的委屈不能跟任何人说。十八岁生日，我向雇主请假回家和家人相聚。年迈的老头同意我的请求，他说为给我庆祝生日决定给我调一杯鸡尾酒，我婉拒了他的好意。老头责骂我不识好歹，辜负他的一片心意。看着老头愤怒的样子，又怕不能和家人一起过生日，便答应他的要求。他让我到厨房拿一瓶苏打水和几片柠檬，等我回来，一杯微微泛起蓝颜色的鸡尾酒放在我的面前。无法拒绝他的要求，我只能尝一口他亲手调制的鸡尾酒。一口酒下肚，我觉得头重脚轻。等我醒来时发现自己一丝不挂躺在床上，好色的老淫贼正在床边穿衣服，他看到我醒来冲着我微微一笑。精神恍惚的我，穿上衣服冲出那个地方。我走进警察局把发生的一切告诉警察，随后，警察逮捕了老头。当天晚上，雇主来到我家里请求我原谅他的父亲，并且愿意支付一笔赔偿金。我拒绝他们的金钱，他们把矛头转向身体很差的父亲。父亲工作的学校得到雇主的资助，因此，他要求校方解雇我的父亲，当时他才四十五岁。雇主又对我威逼利诱，说如果我们不撤诉，未来我们一家人都难逃他们的手掌。个性要强的我并不惧怕商人雇主的威胁，他们找来很多人试图说服我接受商人一家的赔偿条件，我全部拒绝。我天真地认为没有谁可以逃脱法律的制裁。几天后的一天晚上，在我回家的路上被人打晕，等醒来时发现自己躺在一个站满妓女的地方。正当我要起身离开时，从外面冲进来几名警察把我独自一人带进警察局。他们以提供性服务为由将我关进看守所。随后，雇主一家散布流言说我色诱老年人，并诬陷老头强奸以便敲诈他们。很快，我从原告变成满身污点的被告，被关进看守所的那天，迷奸我的老头坐着豪车出狱。一个月后，我家所在的土地被商人公司购买，并限期我们搬离，父亲为保护房子被人打伤。无家可归的我们只能暂住在路边的草棚。正当我和家人饱受煎熬时，老淫贼来到我家。他说如果我愿意嫁给他，可以为我购买新房子，让弟弟妹妹有学可上。看到强暴我的老头，温文尔雅的父亲大骂他厚颜无耻，人渣中的老人渣。虽然，我们生活贫穷，却比那些腰缠万贯满脑污垢的商人强百倍。被父亲大骂的老头当场便晕倒，后来，听说他患肺癌死掉了。"

"为泄私愤，商人一家把我们赶出城镇，后来，我们搬到一家农场做工，生活还算安逸。几年前，父亲被诊断出重度肝硬化，没办法我只能出卖肉体为父亲筹钱看病。每年，都要到伊丽莎白港为父亲复诊一次，每次需要很多钱。除了，给父亲筹集诊病的费用，我依旧在农场工作照顾家人。父亲的医药费还差一些，你们明白吗？"

听到拉蒂莎的话，我们不知如何回答。没有经历她的生活，更不知道她曾经怎样面对生活。但是，没有任何防护的状况下出卖身体，会让她陷入更加凄惨的境地。无论如何，不能将出卖身体作为谋生的手段。她说自从她第一次带着父亲到伊丽莎白港看病，不再想象以后会拥有美好的生活，为了家人她愿意付出一切。

我们坐在草地上整整聊了四个小时，室外七八度的温度让我们感觉到寒冷。正当我们起身时，发现莫德鲁老头站在我们不远的身后。看到我从草地上站起来，他急忙转回屋内。回到房间时，他已经躺在床上。没人知道他是否听到我们三个人谈话。躺在床上翻来覆去睡不着，我傻傻地看着窗外的白色月光。随后，在宁静地房间里我听到莫德鲁老先生的抽泣声。

★　★　★

第二天一早吃过早饭，四个人来到小镇唯一的公交车站。其中一辆公交车写着伊丽莎白港几个大字。白色的长途公交车上，整整齐齐排放着用布包裹的货物。早上的天气寒冷，人们都穿着厚衣服登上公共汽车。不管外面还是里面都穿着厚厚的棉袄，从远处看上去，像一台穿着棉袄的公交车。

已经登上汽车的莫德鲁却说自己不想前往大城市看病，希望女儿能够带他回家，他表情暗淡地说自己想家。他的行为有些反常，拉蒂莎问他是否身体不舒服，他一直保持沉默。拉蒂莎请我帮忙把莫德鲁老先生拉上车子。

一行四个人坐在公交车的最后一排，一边走一边聊天。车子快速驶离小镇，大约两个小时后公交车的一个轮胎被扎破。司机和一名帮手下车更换备用轮胎，车上的人焦急地等待着汽车的重新发动。

我们四个人正在聊天的时候，一个白人男子从公交车前面冲出来大声喊叫拉蒂莎：

"嘿！拉蒂莎！我下车办点事，你要去吗？"看到拉蒂莎满脸尴尬和难受的表情，我对着男子吼到：

"我们在聊天，请回到自己的座位上，不要打扰我们。"我说话的语气很重。

白人男子灰溜溜地回到自己的座位上，拉蒂莎看着自己的父亲表情五味杂陈。原本更换轮胎需要二十分钟，可半个小时过去依旧没有更换完毕。莫德鲁要去上厕所，我说可以陪他一起去，他摇摇头拒绝了。老先生下车后，拉蒂莎开始翻找手里的钱包，她的情绪有些波动。忽然，她站起身走到白人男子身边和他说了几句，随后，一男一女走进路边的芦苇丛。不一会儿，上卫生间的莫德鲁回到车上。他没有看到女儿便问我拉蒂莎到哪里去了，不知道怎么回答的我瞬间变得吞吞吐吐。李丹拉着莫德鲁的胳膊大笑说：

"拉蒂莎是大姑娘了，你不必为她操心。我让她帮忙买一些吃的东西，你在这里稍等她一下。"

莫德鲁看着我吞吞吐吐的样子没有说话，车子里的人不约而同看着一男一女走进芦苇丛。那里的芦苇在不时的晃动，五分钟后两个人从里面走出来。

看到女儿跟着一个男人从芦苇丛走出来，莫德鲁转过头看着远方的大山。公交车再次发动行驶后，老先生拿着书包坐在前排座位。公交车在柏油路上快速行驶，车内有人聊天、有人睡觉或看着窗外的风景。

李丹和拉蒂莎两个人进入梦乡，无意中发现莫德鲁先生坐在前面低头在写什么，双手不停地擦拭眼睛。看他伤心的样子，驾驶员不解地看着眼前的老先生。穿棉袄的公交车颤动着行驶在大路上，在距离伊丽莎白港一百公里时，司机停下来让大家下车上卫生间。听到司机的喊叫声，睡意朦胧的乘客们三三两两地走下车。莫德鲁也跟着他们下车，下车之前，他看了一眼依旧在熟睡的女儿，然后，笑着对我说：

"小伙子，等拉蒂莎睡醒，把这纸条给她。谢谢你，我去上个厕所。"说着，他脚步沉重地走下车子。

看着依然在沉睡的拉蒂莎，我并没有唤醒她。十分钟后，司机招呼大家上车出发。在清点人数的时候却发现少了一个人，大家焦急寻找还少谁，直到我看到自己手中的纸条，才意识到莫德鲁老先生没有回来。我把拉蒂莎和李丹叫醒下车寻找，公交车司机在原地等待我们回来，车上几个年轻小伙子也帮我们到处寻找，拉蒂莎大哭着在路上跑着寻找父亲。十分钟后，没有找到莫德鲁的人们回到公交车上。人们一筹莫展之际，一个带着鸭舌帽子的年轻人气喘吁吁地跑到我们身边脸色苍白的说：

"在前面发生交通事故，躺在血泊里的人好像是你们口中说的老头。"

听到年轻人的话，拉蒂莎整个人摊在地上。白人男子急忙把她搀扶起来，随后，在年轻人的带领下人们到了事故现场。从远处看到，很多人围在马路中间，来往的车辆只能绕开人群走两边的土路。事故现场的血迹流出两米远，大货车的司机在一旁不停地抱怨说：

"我驾车小心谨慎，车速也不高，可是，老头冲我的车撞了上来，他一定是自杀。"一旁的人群，要求肇事车主讲清楚事故的原由。他刚要开始讲诉时警车赶到现场。大卡车司机急忙跑到警车面前说：

"警车先生，一定要我为作证。这起事故我没有任何的责任，我的卡车正常行驶，原本正在路边步行的老头突然朝着我的车子撞过来。老头是要自杀。"

"你怎么证明他是自杀，而不是你撞死他。"

"我的卡车上安装了行车记录仪，你可以查看记录仪！"

白人男子搀扶着拉蒂莎走到人群中间，拉蒂莎看着躺在血泊中的父亲悲痛欲绝地哭起来：

"为什么？我会把你的病治好，你为什么要抛下我们。"伤心的拉蒂莎不再说话，只是呜呜的大声哭泣。警察拿出装尸袋把已经没有任何生命体征的莫德鲁装进去。随后，李丹、我和白人男子搀扶着拉蒂莎跟着救护车把遗体运送到殡仪馆。

刚刚还在和我说话的人，已经与我们阴阳两隔。死去的人已经远去，活着的人痛不欲生。拉蒂莎紧紧拉住父亲的手不愿松开，看着她伤心的样子我把莫德鲁老先生留给她的一张纸递给她。

亲爱的女儿，能做你的父亲是我这辈子最大的福分，能做你的父亲是我最大的幸运。作为爸爸从未和你坐下来聊天，倾听你的心里话。作为老师我不能让你为了我，遭受身体的折磨和他人的唾弃。昨天晚上，我听到了你讲的所有的事。我这个没用的父亲，让你经受生活的不易和艰辛。我不能让你继续承受这么多的痛苦，我的存在让你生活更艰苦，让你生活变好的方式就是我的离开。今天，我选择离开，让你可以获得更多的自由。我离开后，把弟弟妹妹送到孤儿院，你去寻找属于自己的幸福生活。

亲爱的女儿，我不能亲自和你说声再见，因为，我怕自己离不开你。我想对你说，爸爸爱你！做你的爸爸我很幸福，希望下辈子不要再让你碰到我这样的穷爸爸。

看到信的内容，拉蒂莎泪如雨下瘫倒在地上。李丹自责地说一切都是自己的错，如果不逼问拉蒂莎，莫德鲁老先生也不会听到一切。莫德鲁老先生的尸体被警察拉走。那天，我们在警察局处理莫德鲁后事直到深夜两点。白人男子一直陪在拉蒂莎的身边，不时紧紧地搂住她的肩膀亲吻她的额头。后来，知道他的名字叫约翰·邦尼是一个土生土长的南非人。

在警察局里我们坐在一条长凳上，他点上一根烟沉闷地说：

"你一定认为我是一名嫖客，其实，我和拉蒂莎认识很多年。我曾经向她求婚，她拒绝了我的请求。她说自己的负担重，不愿意自己成为另一个人的负担。所以，每次他们到伊丽莎白港，我都会默默地跟在她身后，照顾她们父女二人。"

"你们为什么不选择结婚，要让她出卖身体为父治病？"我不解地问道。

"莫德鲁老先生是传统的非洲人，不愿意接受白人做他的女婿。拉蒂莎又是个性非常要强的女人，任何事情依靠自己的双手。她不愿给我增添负担，更不愿亏欠我。"约翰·邦尼无奈地说。

"我能问你一个隐私的问题吗？今天上午，更换轮胎时，你和拉蒂莎到芦苇丛里做什么？"我眼睛盯着他问道。

"拉蒂莎想要上厕所，这里总是有动物出没，让我帮她看一下四周情况，所以，我一直晃动附近的芦苇。"

"原来是我们误会了你们，我们的误会才是压倒莫德鲁先生的最后一根稻草。"

莫德鲁老先生在前往伊丽莎白港的路途中选择放弃，为了自己孩子生活幸福，他放弃了自己的生命。父亲的离世让拉蒂莎痛苦不堪，她不知道该如何把不幸的消息告诉弟弟妹妹。那天，约翰·邦尼做出决定选择和拉蒂莎在一起，雇佣一辆车把莫德鲁的遗体运回家乡。临别时，李丹向拉蒂莎道歉，两个女人紧紧地拥抱在一起痛哭一场。刚刚的一切发生在一辆穿棉袄的公交车上。

与拉蒂莎和约翰·邦尼分离，我们朝着北方前行，继续坐上另一辆穿着棉袄的公交车，它像一位穿着棉袄的老者缓慢地向北方迈进。

两个小时后，公交车即将抵达伊丽莎白港时。车厢里突然传出一个女人震耳欲聋的哭声，喜欢看热闹的非洲人和两个中国人急忙伸着脑袋看发生了什么。

一个短发的年轻姑娘大声哭泣，旁边坐着一个五十多岁的男子。他身穿黑色皮夹克，下身蓝色牛仔裤，手带高档手表。男子听到姑娘的哭泣，急忙拍着她的肩膀小声说：

"乖女儿，你别哭那么大声！有什么事情，我们到伊丽莎白港再商量。"

"我想继续上学，不想去那种地方工作。听姐姐说，那些男人总对她动手动脚。有时候，那些男人还会对她……我害怕那里，我不要去上班。爸爸，请把我带回家吧。"

　　"臭丫头，上学有什么用？你不去那里工作，家里人吃啥喝啥？现在，你已经可以到外面工作，你的姐姐也是十七八岁就到外面给家里挣钱。以后，你要多挣钱给爸爸买好吃好喝和漂亮的衣服。"他对女儿小声说。

　　听到男人的话，车上一些人开始对他品头论足，一些女人朝着他吐口水说他贪图享受把女儿往火坑里推。原来，车上的人除了两个中国人，他们都是小镇居民，对皮衣男并不陌生。

　　"为了钱，你宁愿把女儿送海员俱乐部工作，你不知道那是什么地方吗？为什么你自己不去赚钱，要用女儿的青春和身体换钱。根本不配做父亲，你是我们小镇的耻辱。"一位年纪稍长的老太太坐在座位上大声骂道。

　　"老太婆，这是我的家事，你没有权利责怪我！我的女儿，怎么给她们安排工作，你们管不着！瞧瞧我一身高档的衣服，你们这帮多管闲事的穷鬼几辈子也穿不上！"

　　"你把女儿卖到俱乐部，靠她出卖身体挣钱，还恬不知耻在这里卖弄，真是无耻之徒。"

　　这时，一名中年男子伸出手教训皮衣男，他女儿急忙站出来保护爸爸。看到小姑娘满脸的委屈和稚嫩，大家不忍心再难为那个无耻之徒。皮衣男见车上激动的人群，急忙让司机停车带着自己女儿下车。车内并没有因为皮衣男的离开，而停止对他的议论和声讨。

"虚荣、懒惰、无耻的男人什么坏事都做得出来，自己的女儿也要往火坑推。他不怕遭天谴，简直就是个热脑袋！"坐在司机旁边的售票员身材微胖，年龄五十多岁。她接着说：

"我年轻时做过很多错事，对不起太多人，现在，我只能用下半辈子去赎罪。"她自言自语地大声说着。

听到她说热脑袋，我想起小镇里人们说起热脑袋的前妻伊达莉娜·威廉。看着她满脸的皱纹和肮脏的头发，无法把她和经常出入高档场所，参加派对、酒会的上流女人联想到一起。被好奇心打败的我走到她的身边坐下来说：

"您好，请问你是纳米比亚人吗？"听到我的问题她大吃一惊。随后，我又问到："你的名字是伊达莉娜吗？"

她满脸疑惑地看着我这个亚洲人问道："我是伊达莉娜·威廉，外国朋友你怎么知道我的名字？你在私下调查我，还是看我长得漂亮啊？"

听到她的话我急忙挥手说："在开普敦的小镇上听人说起过你，他们说你嫁给了公交车司机。"

"没错！我是嫁给了一个公交车司机，不过，前几天那个死鬼翘辫子了。现在，我在车上帮别人售票。你怎么知道我就是小镇说的那个人？"

"因为，你说热脑袋，他们也告诉过我热脑袋的故事。"

"三十年前，他离开开普敦之后再也没有出现过。也许，热脑袋已经死了，他带走我唯一的女儿，不知道她过得怎样？"伊达莉娜低下头。

原本广阔的世界却在机缘巧合下变得如此渺小，我没有告诉她热脑袋和露西亚的生活，热脑袋说过去的应该要划上省略号，失去的应该划上句号。

　　在换乘三次公交车之后，我们终于抵达开普敦第一任总督唐京用爱妻名字命名的城市伊丽莎白港。我和李丹也开始了在伊丽莎白港的旅行。抵达伊丽莎白港后，我对李丹说不想再继续住多人间的青年旅馆，我也不想再认识太多人，发生太多的事，这样的旅行让我很累。我们到达旅馆一人一个房间，回到房间我从上到下冲冲洗洗，把几天积攒下来的灰尘全部洗干净。

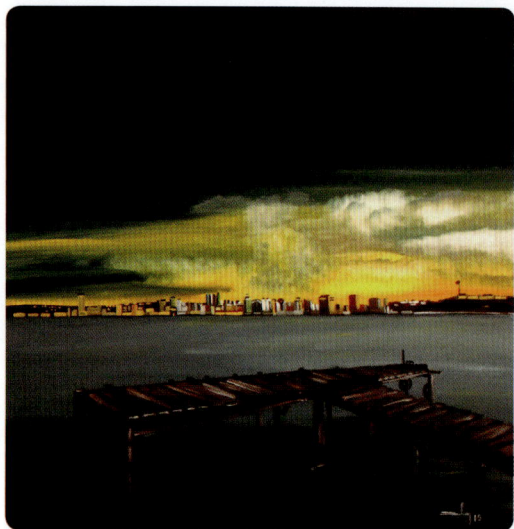

　　洗完澡已经是晚上八点钟，来到一家名为Charlies Pizza & Pasta Summerstrand的意大利餐厅，我们向服务员要一份披萨和一份意大利夏日面，品尝美味过后在灯火通明的大街上散步。喧闹的大街上人来人往，偶尔身边会经过几个亚洲面孔的男人或女人。每次，看到亚洲面孔的男人，李丹会直勾勾地盯着他们，发现不是自己要寻找的人才会把目光收回来。

　　我们来到伊丽莎白港最知名的景点唐金保护区：石头金字塔和灯塔。登上灯塔可以展望整个城市的夜景，开普敦总督唐金为了纪念妻子建造了石头金字塔。两人坐在见证爱情的地方欣赏着伊丽莎白港的美景。

　　第二天，我们继续在伊丽莎白港旅行，喜欢动物的李丹要求带我去看宽吻海豚和企鹅，乘车抵到海边看到海豚觅食。李丹竟然脱掉外衣，仅剩下提前穿好的比基尼跳进大海。不会游泳的我只能站在海边提醒她注意安全，游泳技术娴熟的李丹在海水中游动。她在大海里畅游一个小时，而我坐在岸边欣赏一个小时她优美的泳姿。看着她美丽的脸颊和白皙匀称的身体，我的心脏在剧烈地跳动。

她上岸时，我把外套披在她的身上，凉爽的海风吹得她瑟瑟发抖，看她发紫的嘴唇我紧紧地抱住她。被我拥抱的李丹从我怀中挣脱，害羞地红着脸。看着她害羞的样子，我心里反而美滋滋的。

到企鹅保护中心后，我们近距离接触企鹅，观察它们的每一个动作。随后，再一次返回唐金保护区的六十七 Route景区，我们走在五颜六色的道路上仿佛进入另一个动画世界，压抑的心情也缓解很多。

随后几天，我们从伊丽莎白港到东伦敦，东伦敦被当地人称为"公牛之城"。在那里，我们参观最迷人的自然博物馆、在蓝色大海的沙滩上漫步、在私人狩猎区观看野生动物。从东伦敦到乌姆塔塔，最后，抵达我们的目的地，梦境之称的海港城市德班。

11

王朝大业

德班城聚集着大量华人，所以，李丹决定用两天时间寻找他。为了不耽误我们的旅行，她让我自行安排在德班的行程，并推荐我参观博物馆，最后，两个人再一起回约翰内斯堡。

来到风景独特的德班，被它优美的风景和人文所吸引。德班一词在祖鲁语中是特克维尼，寓意海港或潟湖。前一段旅行，总是在人口稀少的城市和镇子里穿行和停留，走在人口稠密的德班大街上总与行人擦肩而行，没有了宁静的街道和夜晚。德班的夜晚比白天更加吵闹，热爱音乐的人们总是通宵达旦地播放节奏奔放的音乐。

在德班的两天里，我按照地图独自寻找着自己感兴趣的博物馆和教堂。德班自然科技博物馆是我的首选，在这里我可以了解早在七万五千年前的非洲大陆，出现直立行走的智人。非洲智人的出现，比欧洲早三万年之久。知识在行走，学习无止境。每天的生活即是在不断地学习，博物馆成为思想升华的地方。

参观自然科技博物馆后，已经是一个星期没有吃中餐的我，决定到一家名叫"中国盘子"的餐厅品尝中餐。回到圆形的餐桌旁，我又变回熟悉的中国人，一盘炒面让我全身立即充满力量。

饱餐之后，老板建议我到城市中心广场溜达一圈，然后，去参观种族隔离博物馆。我在城市中心广场独自行走，觉得无聊的我坐上公交车前往种族隔离博物馆。当我进博物馆大门时，一个人呼喊着我的名字。在陌生的地方怎么会有人呼喊我的名字，当我四处找寻时个头不高的男人跑过来，走近之后才发现原来是热脑袋卢安蒂诺·希尔。

　　"你怎么在这里？你不是应该在约翰内斯堡吗？"我疑惑地问道。

　　热脑袋看着我大笑着说："还是被我猜中啦。"说完，他站在一旁笑起来。

　　"你猜中什么啦？"我问道。

　　"我跟李涛打赌，你一定到种族隔离博物馆，他还不相信我的猜测。"

　　"什么？你和李涛打赌我会来这里？你怎么知道我会来这里？还有，李涛在哪里？"

　　我的话音未落，一个人从身后紧紧地抱住我。接着，听到一阵阵大笑，从笑声判断出是李涛。随后，我又看到假小子马小燕也站在他身旁。看到他们夫唱妇随的模样，我大笑起来。

　　"让我猜一猜你们两个怎么来德班，一定是获得开普敦的项目，领导奖励你们小两口到这里旅行。"

　　李涛拍着我的肩膀说："你猜对了一半，现在公司要在德班开拓新业务，领导让我们来这里打前站。我猜想到你们也快到德班，所以，便在这里等你入瓮！"

　　"世界这么大，怎么到哪里都甩不掉你们？"我笑着说。

　　蔚蓝的天空飞不起悲催的尘埃，清新的空气落不尽快乐的栅栏。陌

生的广场看不进繁华，行走的路人带风般落下。几个相识的熟人相聚在陌生的德班，我们坐在长凳上开心聊天。

"你把李丹丢到哪里？一个女孩子怎么不照顾好她！"话音刚落

地，一旁的马小燕拧着他的耳朵说："你为什么那么担心漂亮的女生？你不是说她是刘开的女朋友？"

"原来你定义我和李丹的关系。我和她刚刚认识，大家是非常普通的朋友。不过，李涛在李丹面前频频献殷勤。"听到我的话，马小燕用力拧着李涛的耳朵，疼得他嗷嗷直叫。

正在被马小燕教训的李涛大声叫起来：

"李丹……李丹……哎呦，李丹来了。"听到李丹名字，吃醋的假小子用力踹李涛屁股一下，他捂着耳朵指着距离博物馆不远的地方说：

"你们快看，李丹在那里！"随后，他一边大叫李丹，一边朝着她挥手。

正在准备走进博物馆的李丹听到喊声，朝着我们走过来，然后，看着李涛和热脑袋说：

"世界这么大，怎么到哪里都甩不掉你们！"李丹话一出口，李涛和马小燕便大声笑起来。

李涛笑着说："瞧瞧！一个多星期的时间，两个人讲的话竟然一个字不差，看来你们的关系就像我定义的那样……"

"不要开无聊的玩笑，李丹还在四处寻找他的未婚夫。"我严肃地说。

"你找到他了吗？这里有没有关于他的消息？可惜，我们刚刚到这里帮不到你。"马晓燕拉着李丹的手问道。随后，我们继续坐在博物馆附近的凳子上聊天。

看着李丹一脸的愁云我安慰说："别着急，还有一天时间我们可以慢慢找。不过，我从没有问过你未婚夫的名字，你方便告诉我们吗？大家一起帮你找。"

李丹沉思片刻说："他叫方明，是一名农业技师。"听到方明两个字，几个人迅速在我的脑海中浮现：尼芙、罗莎、阿努尔福老汉。

"你的未婚夫叫方明，他是一名到非洲参与农业支援的农业工程师？"

李丹听到我的问题，她仿佛感应到什么，急切地问道"是啊！你听说过他的名字吗？"

李涛搂着我的肩膀说："他怎么可能认识你未婚夫，我们两个的朋友圈几乎是完全相同的，如果，他认识你未婚夫，那么我一定也认识！"。

"我并不认识他，但是，我在北方的一个农场听人讲起过方明。不过，我不确定两个方明是否是同一个人。"

"他们跟你说什么了？方明在那里吗？你能带我去吗？"此时的李丹十分焦急。

"前段时间，我曾到过约翰内斯堡以北，一个名叫波罗克瓦尼城的地方。一家农场的阿努尔福老汉曾经跟我说起过一个叫方明的人。不过，我觉得他应该不是你要找的人。"

"波罗克瓦尼城距离这里也不算很远，你可以带我去那里吗？"李丹两眼充满祈求。

马小燕走到李丹身边说："姐姐，我们正好也要回约翰内斯堡，不如，我们开车一起回去，五个人开一个车刚刚好啊！"

"是啊！来这里已经四天时间，正好回去把情况和领导汇报一下，咱们一起开车回去，毕竟乘坐公共汽车太浪费时间。"李涛牵着马小燕的手。

　　我们同意他们的提议决定第二天出发。当天晚上，小情侣住进市内的无尽地平线精品酒店。我和李丹则在德班市郊的一处民俗家庭旅馆入住下来。三年前，她在寻找方明的路上曾经在这里居住过几天。一对近六十岁的老夫妇经营着家庭旅馆，他们夫妇热情地迎接我们。老夫妇紧紧地和李丹拥抱在一起，从老两口的表情中可以看出来他们与李丹认识许久。民俗旅馆装饰简约、干净的房间让人觉得很舒服。家庭旅馆只有

两个房间，我和李丹各自一个卧室。下午，大家坐在小院子喝茶聊天，李丹从背包拿出来几瓶风油精和清凉油送给他们。看到清凉油老先生笑了：

"哈哈哈！谢谢你！中国的风油精、清凉油真的很好。前几年，我从一个中国人商店买过几瓶，不过，很快就用完了！"

"以后，即便我不在南非，我会给你邮寄一些。对了，你们的孩子从德国回来了吗？"李丹说道。

"谢谢你的好意。去年，儿子回来过一次，不过，他决定回德国定居。他说自己习惯在德国生活，而且，他现在已经被德国柏林工业大学聘请为客座教授。孩子有自己的家庭和自由，我们不能拖累他。以后，要我们老两口相依为命了！"

晚上，热情的老夫妇准备了炸鱿鱼、煎炸鳕鱼块和蔬菜沙拉，以及在当地很难买到的法式鹅肝酱，鹅肝酱涂抹在干面包片上咬下去满口生香。一餐精致的晚餐配上甘甜的红酒，打开了我舌头全部的味蕾。直到现在，我仍能想起那顿饭菜的香味。

晚餐后，老太太问起李丹是否已经找到他的未婚夫，李丹苦笑着摇摇头。

"明天我们会去约翰内斯堡，随后，我会到波罗克瓦尼，听刘开说他曾经在那里出现过。所以，今晚在你们家里留宿一晚，明天早上我们便会离开。"

"你真是个痴情的女孩子，五年的时间一直坚持寻找，像你这样痴情的女人不多了！"

"不！我不是为了回到方明的身边才去寻找他，我只想找他要一个答案。为什么在婚礼之前选择离开我？"

老妇人站起身亲吻李丹的额头："好孩子，上帝会保佑你！"

那晚，我们聊起李丹的故事、老妇人的孩子，直到十点钟才回到房间休息。

第二天早上六点钟，天刚蒙蒙亮便听到门外汽车鸣笛声。卢安蒂诺开着车子来接我们，临走时，老夫妇从柜子里拿出两个十字架送给我们，"愿上帝保佑你们！"

上车后，我发现只有热脑袋一人便问道：

"他们两个在哪里？"

"他们在酒店吃早餐，让我先来接你们，然后，去他们所在的酒店一起回约翰内斯堡。"

六点钟的德班城街上熙熙攘攘，二十分钟后我们抵达李涛二人下榻的酒店。在楼下等待半个小时后，他们磨磨蹭蹭走出酒店。蓬头垢面的两人上车后，我们三个人笑起来，李涛的脸颊和脖子上满是口红的印记。

"李涛，你早上起床肯定没有洗脸吧？"

"时间比较急，穿上衣服我就下楼来了。"马小燕看到李涛身上的唇印害羞地捂上脸。

★ ★ ★

五人朝着约翰内斯堡前进，一路上我和热脑袋轮流驾驶。车子的行驶速度很快，七个小时后，我们便抵达了约翰内斯堡。我们邀请李丹到公司住宿一晚，明日一早陪她前往波罗克瓦尼，她说在约翰内斯堡要和一些朋友碰面，婉拒了我们的邀请。我们心里明白，她想在这里继续寻找更多关于方明的信息。

我躺在自己的床上，一觉醒来已经是第二天上午九点。拿起身边的手机发现十多条未接电话提醒。晚上，我习惯性把手机调节成静音模式。看到满屏的未接电话提醒，我急忙拨通李丹的电话。

"我已经在约堡长途汽车总站，你现在可以过来？"我急忙穿上衣服带上背包开车前往约翰内斯堡的北部长途汽车站。当我抵达时，李丹焦急地站在原地打转。我告诉她三百公里的路程，我们可以当天往返，坐公交车无法直达方明曾经工作的农场。听到我的建议，她只好妥协。

三百公里的路程，我们用五个半个小时抵达目的地。到达农场后，我径直来到阿努尔福老汉工作的地方。他看到我十分吃惊：

"嘿，我的朋友，很高兴再次见到你。你怎么来这个鸟不拉屎的地方？几个月前，麻烦你带给卢安蒂诺的衣服转交给他了吗？"老汉看到我一直说个不停。

"我也很高兴再次见到你，我已经把衣服转交给热脑袋。他日子过得很好，请你不要挂念他。"随后，我把李丹拉到身边说：

"她是我的朋友李丹，这次来主要想请您帮个忙。之前，您曾经说过一个名叫方明的中国人。你还有关于他更多的信息吗？李丹是方明的……"话还没有说出口，李丹急忙拉住我的手说：

"我是方明的妹妹，家里人要了解他的状况。他已经五年多没有回家，所以，想知道他日子过得怎样。"

阿尔福诺老汉说想要了解方明的信息有两地方：一个是农场办公室，另一个便是罗萨的女儿，也就是和方明生下孩子的尼芙。

"老先生，麻烦您带我们先去农场办公室，我们先了解一下他的情况。"阿尔福诺放下手中的工作，带着我们来到农场办公室，一位白人小伙子接待了我们。

　　"方明是通过一个农业国际公益组织到我们农场做农业工程师的。主要负责育种工作，他工作非常出色，我们把他的工作业绩反馈给国际农业组织。这是他来我们农场时填写的表格，上面还有照片！"说着，他从文件夹里拿出一张表格递给我们。

　　李丹接过表格时双手不停地颤抖，额头上渗出汗水，随后，她声音微弱地说：

　　"谢谢你……"双手接过表格的李丹，双目盯着表格上的照片，泪水在眼眶里打转。

　　"五年了，我终于找到他。"看着方明照片的她失声痛哭。长达五年寻人的压抑心情，在看到方明照片的那一刻释放出来。看到哭泣的李丹，阿尔福诺老汉和白人小伙子不知道如何是好，只是站在原地静静地看着她。我站在一旁紧紧地搂着她的肩膀，伤心的李丹在脆弱的时候扑进我的怀抱里。她没有了之前的刚毅，只剩下女人本性中的柔情。白人年轻人从另外柜子里面翻出一份方明离职的文件。

　　"五年前，方明到我们农场，在这里工作两年多时间。他为人非常和善讲话十分幽默，大家都喜欢他。后来，附近公认的大美女尼芙成为他的女朋友，一年后，尼芙生下一个男孩，再后来他提出离婚。不过，听说方明到另一家农业公司工作，但不久他被公司辞退，人们都说他欠下一大笔赌债，债主天天到农场逼债滋事。"

　　"那家农场在什么地方？我想去那里了解一下。"李丹说。

"莫利亚农场距离这里二十公里，估计半个小时就能到。我让阿尔福诺带你们去，他认识农场的负责人。"感谢小伙子帮助后，阿尔福诺带着我们来到莫利亚农场，农场主是一位身体魁梧的黑皮肤中年男子。

　　"这么多年过去了，方明还没有还清债务吗？他早已经离开这里，跟我没有任何关系。"农场主看到我们不耐烦地说。

　　"你误会了，我们不是债主，而是方明的朋友。这位是她的妹妹，我们想打听一下他的消息。"

　　"你们真的是方明的朋友？前几年，也有中国人冒充他的家人打听他的信息，后来，方明差点被他们打残废。"农场主满脸疑惑地说。

　　阿尔福诺老头急忙说："他们都是我的朋友，在约翰内斯堡上班，决对不是赌场的打手。如果你有方明的消息请你告诉他们。"

　　我从口袋里掏出一张名片递给他："先生，麻烦您跟我说一下方明的消息。"

　　农场主维克多看着我的名片叹气说："其实，我真不知道他最新的消息。最后一次与他联系是在一年前，当时他流落街头刚好被我看到。"

　　农场主把我们带到咖啡厅，然后，慢慢把故事讲述了一遍。

　　"三年前，方明到这里工作表现很优秀，幽默的语言风格让大家都很喜欢他。刚到农场的小半年便给公司创利颇丰，为了表达感谢农场额外奖励他两万兰特。后来，我们发现原本只和农场工人有交往的他，身边出现一些陌生的中国人。那些人在波罗卡瓦尼市中心经营赌场。自从认识他们之后，方明便沉迷于赌博。每天，赌场的车子会停在农场门口接他，从下午五点离开，直到第二天早上八点才回来。半年时间，方明

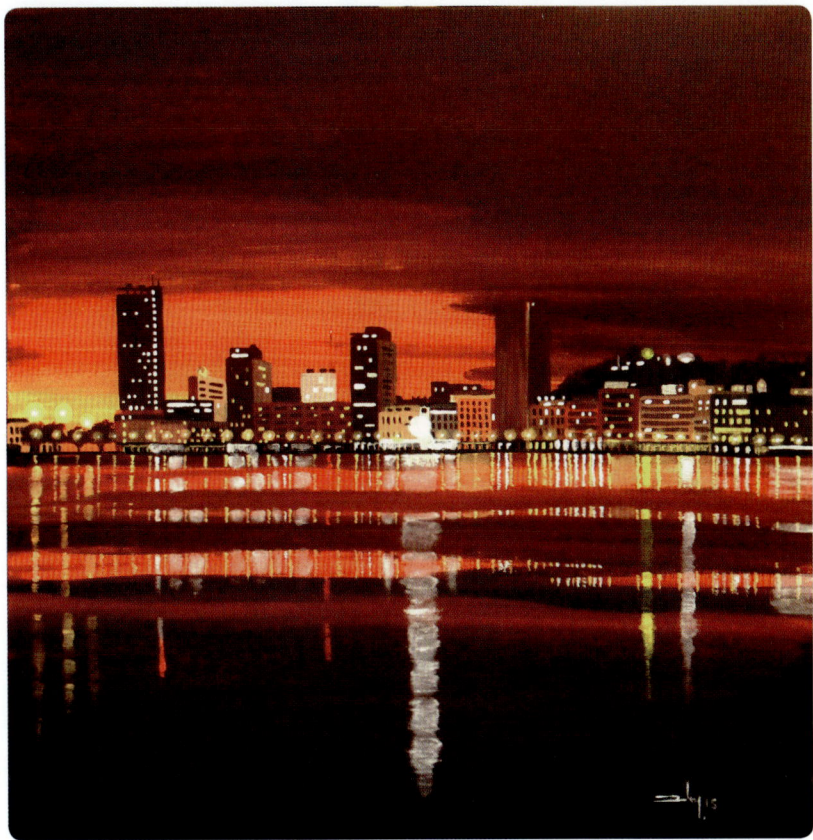

像变了个人。赢钱时，他会带年轻漂亮的女人回来，还会出手阔绰的给女人小费。输钱时，只能在餐厅蹭吃蹭喝，甚至捡别人吃剩下的食物。作为他的朋友和老板，我多次劝他不要沉迷于赌博。但是，他早已被赌博侵蚀，没有人能让他回头。再后来，开始有中国人到农场逼债，让他立即从中国打钱还账，不然，会用开水浇在他的头上。为了不妨碍农场的工作，他主动离开这里。听说他到了南非与博茨瓦纳的边境城市拉莫茨瓦，在那里开了一家农产品小店，不过，犯老毛病的他在赌场把辛苦经营的店铺输掉，又欠下一屁股的外债。再后来，他又回到波罗克瓦尼替赌场工作。这是我了解的所有信息，也许，那个名叫尼芙的女人有他的信息。不如，让阿尔福诺老先生带你们去问问尼芙。"

我们再次前往尼芙家，为了不给尼芙和她丈夫带来误会，阿尔福诺老先生把她请到农场见面。看到尼芙时，被她美丽的容貌吸引，完全看不出她是一个五岁男孩的母亲。

当她走进农场餐厅时，她直勾勾地看着面前的李丹，好像，两个人相识已久，她站在我们面前没有说话，李丹站起身与她握手。

"你好，我叫李丹，向你打听方明的下落。"

尼芙看到李丹微笑着说："我认识你，方明曾经给我看过你的照片，直到现在我也不会忘记你的样貌。后来，我们两个同居，他把你的照片放在我家抽屉里，直到现在你的照片还在我家里。"

"你知道方明在哪里吗？"李丹问道。

"我们已经分开那么多年，虽然我们有一个孩子，但是，各自拥有自己新的婚姻。"

"你们为什么要分开？"

我们几个围坐在餐厅的餐桌旁，尼芙讲起他们两个人的故事。

五年前的一个晚上，几个流氓强暴她时，被经过的方明救下来。从那天起，尼芙便爱上长相英俊、说话幽默的方明。时间久了，两个人干柴烈火燃烧起来，方明爱上长相与亚洲人不同的尼芙。不久之后，尼芙发现自己怀孕，他们决定生下这个孩子。为了不让尼芙有风险，方明四处找中国人的医院。在此期间，他认识了几个在市中心开设赌场的中国人。起初，在他们的帮助下，尼芙在中国人的私人诊所生下儿子。

孩子出生后，赌场的几个中国人经常到农场来找方明。他开始彻夜不归，有时，他会从城里买很多价格高昂的生活用品和食物给她们母子，不过，他也会无缘无故地冲她们发火。后来，尼芙知道他经常赌博，便劝他不要再去赌场。可是，被冲昏头脑的他说赌场是他的"王朝大业"，那里拥有改变人生的机会。那时，他已经彻底变成一个赌徒，任何人的话都听不进去。

跨进"王朝大业"的方明，每天都在幻想着赢钱，已经忘记了真实生活。他经常夸海口发大财，但是，事实上经常有中国人打电话逼债。他开始东躲西藏。后来，为躲债他到另一家农场上班。从那时起，两人的感情开始变得淡了。方明经常从赌场带女人回家，而且，每次都是不同的女人。为了不让孩子受苦，我主动跟他提出分手。尽管，尼芙刚刚生下一岁的孩子，可身边追求的异性依旧不少。半年后，尼芙和当地男子恋爱、结婚并在教堂举行婚礼，方明的孩子跟着他们一同生活。一旁听尼芙讲述方明的故事的李丹，脸上的表情发生着变化：期盼、愤怒、悲伤，再到后来的麻木和面无表情。

听完尼芙讲的故事，李丹出人意料地笑着对尼芙说："听完你的讲述，觉得我们都是幸运的女人。我们没有浪费太多时间在方明的身上。"尼芙也微笑着点点头。

"你们孩子在这里吗？我想和他见一面，可以吗？"李丹提出这个要求。

"没问题！我带你到我家里去，他一定会很高兴见到你。"

随后，我们开车来到尼芙的家中。面前是一所三间砖房，屋顶用稻草覆盖。当我们走进院子时，走出来一位皮肤黝黑、身材中等的四十岁男子。看到我们进门，他高兴地走出来与我们握手问好。尼芙的儿子看到陌生人躲藏在养父的身后，李丹看到孩子时，眼眶又湿润了。看到陌生女人哭泣，孩子也禁不住哭起来。

正在哭闹的孩子看到我却笑起来，也许，他认出曾经给他买糖果的我。爱吃糖果的小家伙牙齿已经有些蛀牙，我从自己背包拿出一些饼干放在他的小手上。小家伙两个手抓不住饼干，便两手把饼干抱在胸前。看到可爱的孩子，李丹的脸上也露出一丝笑容。她蹲下身从身上摘掉一条金项链挂在孩子的脖子上。

"这条项链对我没有任何意义了，把它送给你。如果需要钱上学，可以把金项链卖掉。"李丹把项链挂在孩子的脖子上，小男孩看到漂亮的项链高兴地跳起来。

晚上，李丹邀请尼芙一家人到波罗克瓦尼高档的西餐厅吃晚餐。一路上她总是接近于吝啬的节省旅行开支，却在宴请尼芙家人时十分慷慨。老板把店里最好的招牌菜都端上来，一顿饭花费将近一千兰特。得知饭菜价格后，尼芙一家人瞠目结舌，并不停说谢谢！晚饭后，阿努尔福带着尼芙一家三口回到农场。

一瓶红酒喝下去，李丹像条死鱼躺在沙发上。我在餐厅附近，找到一间宾馆，为了照顾喝醉的李丹，我们在一个房间休息。她躺在床上睡觉，我则坐在房间小沙发和衣而睡。喝醉的李丹躺在床上，嘴里一直喊着方明的名字，呕吐的时候她会四处找卫生间。整个晚上，我听她呼喊方明的名字入睡。第二天，我睁开双眼时发现身上多了一条被子，躺在床上的李丹不见踪影。走进卫生间洗漱，看到李丹趴在马桶上不停呕吐。我轻轻地拍着她的后背，然后，给她拿来一杯热水让她喝下去。

她说头痛，肚子里空荡荡的。我到附近餐馆给她买一碗热蔬菜汤，喝完汤后她精神很多。

"我们中午再回约翰内斯堡，上午，我想在宾馆休息。"

我点头让她在房间睡觉，自己想到外面到处转转。正要走出房门时，我却被她从身后一把拉住。

"我的心里很乱，你能在房间里陪我吗？"她拉住我的手时，能感觉到她的身体都在颤抖，把手放在她的额头上感觉到滚烫。搀扶着她上车到附近的医院，旅馆的老板递给我一家中国诊所的名片说：

"这是一家中国人开办的诊所，你可以去那里看看。"

按照名片上的地址，十分钟后我们到达中国人开办的私人诊所。早上诊所里很冷清，看到接诊台没有医护人员，我按动柜台上的按铃。随后，从里面走出来一名穿着白大褂的中年女人。

"你们好，身体哪里不舒服啊？"

"我朋友在发烧，请你帮忙看一下。"

"哦！最好验血，以免感染疟疾或者登革热。如果没有感染上述的疾病，治疗感冒很简单！"

医院的装修和设备配置也不错，大夫诊病的方法很专业。血液测试结果显示并没有感染疟疾和登革热病毒，很庆幸只是简单的感冒。

"昨天晚上酒喝太多，趴在马桶边着凉了。"我对医生说。

"没有趴在马桶边一晚上，我早上起床给你盖被子，你难道不知道吗？"

女医生建议给李丹输液，身体恢复会快一些，挂上吊瓶后女医生坐下来跟我们一起聊天。

"你们不像是波罗克瓦尼长期居住的华人，我在这里生活快二十年，几乎所有华人我都认识，可从来没有见过你们。"

"我们来这里旅行，没想到患上感冒。"我看着她说。

这里七八月份的天气很凉，晚上出门一定要注意防寒保暖，能穿厚棉服一定不要贪凉穿短袖。天气冷、寒气重，人体容易患病。

"医生，在这里二十多年，你很早来南非吗？"

"是啊！我来到南非不久，便搬到波罗克瓦尼。我在这里开设一家赌场，还有这家私人诊所。赌场在市中心的一家酒店内名叫王朝大业，丈夫负责打理赌场生意，我负责诊所的日常事务。毕竟一个女人经常出入赌场不是什么好事。几年前，我找了一个比我年轻二十岁的小伙子结婚了。"她说话时，脸上的笑容十分灿烂。

"哇！你是幸福女人的榜样，找了一位比自己年轻二十岁的丈夫？"

听到我的赞许，女医生大笑起来。她笑的时候，身上的赘肉也跟着上下抖动。"我已经五十多岁，有个小丈夫帮我打理这里的一切的确很开心。"

"是！可以找到一个爱你、照顾你、帮你操持生意的男人真的很幸运。"

"我的小老公不但人年轻帅气，晚上，还特别会疼人！哈哈哈！"说着，她又呵呵大笑起来，看到她笑得前仰后合，我们也跟着笑起来。

"你们不在这里生活，不怕告诉你们。为了得到小丈夫，我可是用了不少手段，我用足足两年时间他才乖乖地来娶我。"

听到她的话，我心里感觉十分好奇便小声问道："您是怎么把小丈夫弄到手的？"

"有人说女人为了钱会投怀送抱，你觉得男人不会吗？以前，我的小丈夫是个烂赌徒，在我的赌场输掉很多钱。他还不起钱，只能赌债肉偿，加上我对他数次的恐吓才乖乖来到我的身边。"

"哈哈！谁能想到您一个女医生也懂高明的手段。"我大笑着对她说。

哈哈哈！爽朗的女医生笑起来整个诊所都可以听到她的声音。李丹输液时三个人坐在一起聊华人的故事。输液完毕后，跟女医生告别。刚刚打开医院房门，一个带着眼镜的男人手里抱着两箱药从外面走进来，匆忙的他不偏不倚刚好撞到李丹身上。

"对不起！不小心撞到你们！"男人急忙道歉。李丹看到站在面前的男人后，像个木头人一样一动不动站在那里。她看着这个戴眼镜的男人，一句话也说不出来。

"李丹，你没事吧！"然后，我冲着眼镜男说道："你怎么搞得，没有看到这是病人吗？"

眼镜男低着头急忙说对不起，当他抬起头看到李丹时，也像木头人一样定住了。两个人站在门口目不转睛地看着对方。正在这时，女医生从里面走出来严肃地说：

"方明，你做事情怎么总是毛毛糙糙！诊所的工作就是不适合你，你还是回赌场发挥你的才能吧！"说着，她走到我们身边笑着对李丹说：

"这是我的小丈夫，做事毛手毛脚，不过人很不错！"说着，女医生抱着方明亲吻脸颊，他立即反应过来，向我们两个说对不起！

"哦！你是方明？"我站在一旁惊奇地问。

"你认识我们家方明吗？"女医生问。

"当然，我们就在找……"我正要说话时，李丹重重地拉扯几下我的衣服。

我明白李丹的意思，我立即看着方明说：

"在农场听说过他的故事，当地农场主都说他是一名优秀的农业技术员，没有想到他还是一位赌场高手！"

"当然啦！方明是一位响当当的农业专家，未来，我计划给他投资建设大型的农场！"女医生自豪地说。

李丹拉着我的手，头也不回地走出诊所。刚刚走出诊所的李丹并没像我想象中的大哭一场，而是，望着天空大笑起来。看着行为反常的李丹，我全身的汗毛竖起来。李丹转过身看着我，笑得更加开心。

"刘开，你是不是觉得我疯了？我现在是疯了，不过，是开心的疯。刚刚见到他那一刻，没有任何疼痛的感觉。我知道自己完全把他放下了。"

"好啊！你只有坦然放下过去，才能真正拥抱未来。"我为她鼓掌。

"没有想到自己在看到他的那一刻竟然那么平静，原以为自己会抱着他痛哭一场，不过，现在的我已经把他当成陌生人。见到他我才真正明白，我已经完全放下，美好的未来在向我招手！"李丹笑着看了我一眼，大口呼吸着新鲜的空气，仿佛感冒在瞬间完全康复。随后，她笑着对我说：

"从今天开始，那段旅行划上句号，我要开启新的人生旅程。"说完，我们坐上车准备离开，这时，方明在车子后面大声呼喊着李丹的名字。我本想让司机停车，李丹却说："那段旅行已经结束，我想寻找新的旅程。"

　　听到李丹的话，司机踩下刹车，在方明跑到我们身边时，我深深地把嘴巴贴在李丹的嘴唇上。李丹并没有躲避我的亲吻，两个人紧紧地抱在一起。在返回约翰内斯堡的路上，我们的手一直握在一起。从那天起，李丹开启了自己新的旅程，我们成为经历南非旅行的知心情侣。真正的爱情，敬意与忠诚不会轻易表现出来，因为，它们的声音是低沉的、谦逊的，等待又等待。

12

做个幽默的人

送李丹回到南非大学之后，我们约定回国生活。在回约翰内斯堡的路上接到公司催促的电话，领导说公司的银行账户被冻结，马小燕去银行几次也没有解决问题，需要我和银行人员进行沟通。原因是公司银行账户进出款项没有提供完整正规票据，因此，被税务警察稽查冻结。

第二天，我带着所有正规完善的票据，热脑袋开车带我到警察局作解释和备案。我把相关的文件转交给警方后，拿着备份文件到银行做备案。银行的工作效率并不高，不取现金的我们仍在银行等待足足两个小时。

把文件给银行做好备案时，已经是下午一点半。我背着公文包从银行走出来，热脑袋跟在我的身后一起上车。车子离开银行一公里左右，我们的车子速度慢下来。这时，六名绑匪分别驾驶三辆摩托逼停了我们正在行驶的车辆。三名绑匪分别手持一把手枪和两把AK47站在我们前面。看到手持武器的土匪，我明白自己被劫匪盯上了，大脑一片空白不知道该如何应对。以往总听别人说被抢劫，今天自己碰上了真劫匪。

"打开车门，快打开车门。"三个人拿着枪对着我和热脑袋。

坐在车内的我有些紧张，热脑袋神态自若地说："他们都有武器，如果不下车他们很可能会开枪。"两个人说话时,一名抢匪扣动手枪,子弹瞬间射穿车窗玻璃。"

听到枪声,我们打开车门下车,车辆中控锁在打开的一瞬间,几名劫匪立即把车门打开。随后,他们开始翻找我从银行背出来的包,翻找一遍后没有找到任何现金。没有抢到任何金钱的土匪们暴跳如雷,其中一个抢匪大骂道:

"妈的!不能白忙活,把两人绑上车拉走,让公司拿钱来赎人。"话音未落,几名抢匪拿出事先准备好的胶带,把我们的双腿和双手全部绑起来。在大白天,我们被人蒙上双眼扔进车子后排座位上,在马路上转悠一个小时后,我们被拉进一个偏僻的地方,没有任何通信工具的我们被绑匪关进一个用铁皮瓦建成的房子里。傍晚时分,一个带墨镜的劫匪,走进被关押人质的房间。

"嘿!,这是你的手机吗?现在给公司的人打电话,交赎金我们放人。不然,你们两个都要死在这个铁皮屋里。"绑匪把手机扔在我的面前。

听到抢匪的话,我并没有立即回应,而是静静地坐在墙角处看着他们。看我保持沉默,抢匪朝着我连踢带踹,我的脸颊流出鲜血。见我被打,热脑袋卢安蒂诺冲到我的前面挡住抢匪的殴打。几个抢匪看到热脑袋保护我,心中更加气愤。

"混账东西!这个中国人给了你什么好处?值得你豁出老命保护他?真给我们丢脸。"说完,其中两个抢匪手中拿着皮带从外面闯进来,用力在热脑袋的身上抽打。正在这时,另一个戴着头套的抢匪走进来制止他们对热脑袋的殴打。

"住手！我们是抢匪不是恐怖分子，我要钱不要他们的贱命。把他打死我们跟谁要钱，一帮没有脑子的家伙。"

听到他的话，几名土匪停止挥舞手中的皮带，然后，又开始对我破口大骂：

"中国人，快给公司打电话，我们可没有耐心等你琢磨。别想从这里逃跑，我们的枪可不捡来的，如果把你打死了算你命贱。"

热脑袋接过抢匪手中的手机递给我，我拿起手机从通讯录找到办公室人员的电话，电话拨通之后却一直无人接听。我才想起来晚上公司人员在大聚餐。挂掉电话后，我又给李涛打电话，电话依旧通着没有人接听。两个电话没人接，绑匪们开始变得焦躁。

"该死的东西！估计今天这桩买卖又要赔钱，看他那样子便知道不是公司领导，不然，怎么可能这么晚没人发现他被人绑架，接连打出两个电话没有人接听，你们怎么选的人？"戴眼镜的抢匪对身边的几个抢匪发着牢骚。

绑匪站在我的面前，手中拿着一把手枪和AK47，眼神极其凶狠。接连两个没有人接的电话，让几个抢匪十分愤怒，而我的心中更是忐忑不安。随后，六个抢匪全部走进关押房间。

"你打第三通电话，如果依旧没有人接，我们送你回中国，还免费给你身上带几个窟窿。"带着大墨镜的抢匪一脸凶相地看着我。

热脑袋凑到我的面前说：

"如果依旧没有人接电话，丢性命可能性很大，你要不要试一下给李丹打电话。"

我拿起手机给李丹打电话，手机拨通后等待音依旧在响，抢匪拿枪指着我脑袋时，十几秒的等待时间仿佛若干年。当电话快要挂断时，电话另一端响起李丹的声音：

"喂！刘开，怎么才想到给我打电话？你在哪里？"

"你听我说，现在我被人绑架，需要找公司缴纳赎金。你给李涛打电话让公司联系抢匪。"

"别开玩笑，在非洲你还玩无聊的玩笑，我在图书馆学习可没有时间和你玩。"

"我没有和你……"话还没有说完，一名绑匪一把抢走我的手机。戴墨镜的抢匪拿起电话对李丹说：

"嘿！中国人，你的朋友在我们手里，拿一百万兰特来赎人。否则明天会看到一则中国人被杀的消息。"

电话另一端的李丹明白事态严重，她说可以通过银行给绑匪转钱，但要求必须善待人质。

"臭婊子，你玩我们吗？我要的是现金不是什么银行转账，你以为我们都猪头吗？银行转账被警察冻结，我们几个也会玩完。今天晚上看不到钱，明天的约翰内斯堡就会多两具尸体。"说完，他把电话挂断。

戴头套的抢匪对着接电话的人骂道："蠢蛋！你说赎金要一百万兰特，你告诉他在什么地方缴纳赎金，让他怎么联系我们了吗？"

被骂的抢匪低头一言不发，随后，抬起头说：

"再给他们打过去，告诉他们把赎金放在指定的地点。"

"你不怕他们报警吗？"

"如果敢报警先把其中的一个人干掉，让他们知道我们的厉害。"

几个绑匪说话的时候，我的电话铃声突然响起来。刚刚毫无惧色的几个抢匪，听到手机铃声都被吓得瑟瑟发抖。

戴眼镜的抢匪大喊道："谁的电话在响？有人敢报警我现在解决掉你们。"

"你紧张什么？是中国公司的电话，和他们谈指定地点缴纳赎金的。"

劫匪接通电话对着电话另一端的人说："中国人在我们手里，赎金一百万把赎金放在我们指定的地方。不然，我就撕票……"电影中的场景，在现实生活中发生了。

接着，劫匪把电话递给我："他要跟你说话！不要耍花招，不然，小心你的狗命。"

接过电话看到手机上面的显示我知道是李涛打过来的。

"下午，我和热脑袋从银行出来后被他们绑架！"

"李丹打电话说你被绑架，还以为她在开玩笑。你们在哪里，身体没有大碍吧？"

"不知道在哪里，我们被蒙着双眼拉到了一个破铁皮屋，身体都还好。"

"别着急，稍等领导跟你说话。"随后手机中响起公司领导的声音：

"你要冷静，公司一定会尽最大努力和最快速度把你们从绑匪的手中解救出来。你们一定控制好情绪，不要和他们产生对立，保护自己的生命才重要。"

"好的！我们明白……"抢匪把手机从我手中抢走，然后，大吼着对电话说：

"按照要求去做，我们不会伤害他们一根毫毛。否则，我们一定送给你们两具带窟窿的尸体。限今天晚上准备一百万兰特放在市郊公园的垃圾桶里，我们拿到钱就放人，看不到钱就撕人。"

"先生，现在公司只有五十万现金，时间太紧凑不齐一百万兰特，能否宽容一晚明天上午我们把赎金放到指定的地方。"领导说。

"妈的，你想拖延时间？你以为我不知道中国人平日花钱都是现金，这点钱你们还没有。如果你再推脱时间，明天就等着收尸！"

"请你们不要伤害我们的同事，我们需要时间筹钱。"

绑匪挂掉电话，几个人站在门外讨论起来赎金的事情。

"五十万也可以，现在经济状况那么差，咱们能拿到钱就行。时间拖得太长容易被警察盯上，我们的风险也大！"

听到个头矮小的绑匪说话，戴墨镜的劫匪走上前便是一脚，口中骂骂咧咧地说："你脑子进水了，五十万兰特，六个人怎么分？如果你不愿意要赎金，我们五个人分赎金完全可以接受。"

被踢的绑匪从地上站起身说："去你妈的！拿不到钱，我宁可亲手宰了他们。"

戴着头套的劫匪走到他们面前说：

"我们绑架的是中国人，把另外一个人放掉。"他的话音一出口，坐在一旁的热脑袋身子一颤。听到绑匪的声音，我也觉得似曾相识。。

"蠢猪！放了他，不等于让他去报警吗？"戴大墨镜的绑匪又开始对身边的同伙发飙。

手机又响起来，公司同事说正在筹钱，让绑匪等待几个小时。晚上银行不上班，柜员机又不能大额取现，只能到其他公司借钱。

绑匪催促公司立即筹钱，三个小时内凑不到一百万便终止交易。绑匪拿着手机和武器走出房间，只留下我和热脑袋傻傻地坐在铁皮房间里。两个人看着对方却不由的笑起来，一个黄色皮肤、一个黑色皮肤的被同时关押在昏暗的铁皮房子里。

在昏暗的房间，我们聊起刚刚认识的时候。第一次听到别人叫他热脑袋，感觉非常奇怪。为什么这个人叫热脑袋？热脑袋又是怎样的人？不过，现在，我终于知道他是个正直、善良、有民族大义的男人。

听到我的赞美，热脑袋笑了起来，在昏暗的房间里默默地低下头：

"你知道这辈子我最大的愿望是什么吗？"

"我哪里知道？难不成你想成为大名鼎鼎的将军，还是富甲一方的大商人？"

"呵呵，你知道这些都不是我的愿望。"他笑着说。

"难道你想成为政治家吗？"

他摇摇头笑着说："我的理想是世界上最容易实现的，但是，对我来说却最难实现的。"

"哦？这么大的理想，难道你想做南非总统？"我讽刺他说。

"我想做个幽默的人。"听到他的愿望，我不由地笑起来。

外面的抢匪听到我的笑声，用力踢着铁皮屋的墙体大声骂道：

"妈的！两个人简直就是疯子，死到临头还在里面大笑。"

我不再大笑，看着热脑袋说：

"你想做个幽默的人，乐观面对生活即可。"

"对于你们来说做个幽默的人很简单，可是，对生活充满坎坷波折的我难以实现。在我记忆中，几乎没有欢笑。年幼时父亲忙于钻石生意，家里只有迎来送往的虚情假意。妻子的背叛和乱伦让我变得不堪，离家后又遭遇生活的挫折和爱情的失败。离开城市到农村寻找简单安逸的生活，却让我遇到玛丽娅。后半辈子里充斥着疾病、贫穷、歧视。"说完，他低下头说："你知道吗？我的妻子玛丽娅并非上吊自杀，而是被我亲手杀死。对于我来说人生不是一种快乐，而是一份沉重的面对。"

听到他的话，我很吃惊，用责骂的语气说："胡说！这种事情怎么能乱说？"

"几年前，我和玛丽娅在河边相遇，她从河里把我救上来，成为我的救命恩人。我们每个人都有感恩报德之心。为了报答她，也为了照顾她的两个孩子，我决定娶她。虽然，我已经失去做为男人的能力，但是，玛丽娅却从未嫌弃我。她是个善良的女人，结婚前，她把自己的过往和丧夫之后为了养家卖身的事情全部告诉我。我并不在意她的过去，因为，她比身着华丽服饰却被金钱腐蚀的女人更加高尚纯洁。娶她之前，我已经知道她感染上艾滋病毒，每年都在为自己治疗费用发愁，所以，结婚后我把城里的房子卖掉为她买药治病。我外出辛苦打工，依旧不够养活一家人。后来，发现玛丽娅的精神状态很差，做饭时突然大叫，还会在公共场合满地打滚。到医院进行诊治，医生说她的生活压力大导致焦虑、惶恐、幻觉、妄想、抑郁，兴奋，这些词组合到一起，意味着间歇性精神障碍，病情严重时会产生厌世心理。我到公司工作之前，她的病情已经很严重，为了挣钱我一去公司便是半年的时间，挣到钱委托巴里给她买药治疗，没有想到巴里花掉给自己姐姐治病的钱。没有药物治疗，玛丽娅的病情很快恶化。在去农田干活的路上，家里做饭的时候，甚至和邻居聊天时她会不由控制的发病。在众目睽睽之下光着半个身子满街跑，无缘无故和村子里的人大吵大闹。有些男人晚上偷偷钻转进家里强暴玛丽娅，他们得知自己患上艾滋病后，对玛丽娅进行殴打。就这样，她的精神状态越来越差，晚上经常被噩梦吓醒，哭着向我反复讲述她的不幸遭遇。我想在她的面前放声大笑，在她的面前做个幽默的人逗她开心大笑，可是我却做不到。

东卡打电话让我回去，因为，玛丽娅的病已经到达三期。村民要求我们从原来居住的地方搬到半山腰，在木棍搭建的窝棚里，我们一家人要陪着玛丽娅过完剩下的日子。

慢慢地，玛丽娅的病发次数也更加频繁。一天下午，她让我到河边捕鱼，要为我们做烤鱼，等我回到家听到屋子里孩子的呼救声。走进屋子看到玛丽娅把两个孩子捆绑在地上，手里拿着一把砍刀正朝着两个孩子砍去。我立即冲上去一把抓住她手中的砍刀。瞬间，砍刀沾满我的血，看着带血的砍刀玛丽娅大哭起来。她不想孩子孤零零地生活在世界上，更不愿意看到两个与我无关的孩子连累我。我骂她是个傻女人、笨女人。玛丽娅对生活失去希望，用力握着砍刀。为了不伤害她，我用力抢夺下她手中的砍刀，结果把她推倒在地，头部撞在石头上，身体很差的玛丽娅被我杀死在家里，我是个杀人犯。可是，我却在你们面前说她是自杀。我恐惧死亡，在死亡面前我变成一个懦夫、胆小鬼。"昏暗的房间里，一个被绑架的老头向另一个被绑架的人承认自己是杀人犯。

忽然，我的手机铃声响起来，戴头套的绑匪急忙拿着手机走进来说：

"催他们拿钱，不然，马上弄死你。"绑匪递给我电话的同时，狠狠地抽打我一记耳光。接过电话听到李涛焦急着说公司正在筹钱，需要耐心等待两个小时，他们一定把赎金送到指定的地点。绑匪得知仍然需要等到两个小时，戴着头套的劫匪拿着手中的AK47指着我的头说：

"混蛋，竟敢戏弄我们！你以为你是我杀的第一个中国人吗？如果你想成为第二个被我杀死的人，现在满足你的要求。"疯狂的绑匪走到我的身边又开始用力踢踹我的身体。一旁的热脑袋对着戴头套的绑匪大声喊出："路易斯，住手！"

殴打我的绑匪停下来，用枪指着热脑袋：

"谁是路易斯？信不信我开枪崩了你。"

"我不信你会打死我，如果你还有人性的话，不会把自己的岳父打死。"

品行端正的人，双目清净如水的人可以看穿狡猾骗子的诡计。听到热脑袋的话，我回想起露西亚的男友，那个长相英俊的路易斯。杀死贾富贵的嫌疑人也叫路易斯，原来眼前的杀人犯曾经搭过我的顺风车。

绑匪把头套摘下来扔在地上，然后，冷冷地看着我们。

"路易斯，真的是你！为什么要杀死贾富贵？你为什么要做绑匪？"

"哼！都怨他交友不慎，结交王大剑那样的狗东西做朋友。这一切都是王大剑和贾富贵妻子的主意，为了侵吞他的财产，让我们几个去干掉他。在他的身上我连续射击，一把手枪的子弹几乎全部打光。听说，前几天王大剑已经被警察逮捕，贾富贵的妻子跟着新男友拿钱逃到刚果金。"

"人是自私的，谁威胁到我谁就要死。我恨自己是个穷人，因为我穷，他们就看不起我、讨厌我、可怜我、羞辱我，把我当牲畜一样对待。难道你自己没有做错过事情吗？如果不是你跟我说和刘开到银行办理事情，我也不会组织这帮哥们把你们绑了。"

听到他的话，我直勾勾看着热脑袋不知道该说些什么。热脑袋看着路易斯愤怒地说：

"怪不得以往从不关心我的人，突然问起我的工作。原来你想从我这里打听消息。我的露西亚怎么会看上你这种狼心狗肺的东西。"

"老家伙，给你点面子不要得寸进尺！"

"老子不怕你的威胁，我杀人的时候，你还在娘胎没出世，怕你我就不是热脑袋。"

正在两个人僵持不下时，房外响起一片枪声。随后，一名绑匪大声喊道："警察来了，快逃！！！"

瞬间，门外的枪声和喊声四起。听到外面警察的枪声，路易斯抬起手朝着我开枪，热脑袋不顾一切冲上来，趴在我的身上。从门外冲进来几个警察，朝着手持武器的路易斯便开枪向他射击，数十发子弹同时射进他的身体。他倒下时双眼一直看着热脑袋。

警察把热脑袋搀扶起来，发现他背部连中数枪。警察急忙呼叫救护车，十分钟后热脑袋被抬上救护车，我和他一同上了救护车。在去往医院的路上，他的呼吸微弱却用尽力气想要说话。我把耳朵凑到他的面前听他说：

"我爱我的两个孩子和我的女儿，我这个穷爸爸一直深爱着他们。"

"卢安蒂诺，你放心，我会转告他们，谢谢你救我！"

"我是个军人，看到自己家人有危险，我怎么能不救？"

"谢谢你卢安蒂诺，你是我一辈子的朋友！"

"以前，我太胆小，明知道不该做的事却不敢不做；现在，我依旧胆小，明知该做的事却不敢去做。不过，你记住在南非，热脑袋是你的朋友、家人。"随后，他闭上眼睛，一旁的仪器发出嗡鸣声。

对于惨遭抢劫，经历生死的我来说，朋友的真诚相助是一种再生之恩。卢安蒂诺走了，他最大的愿望是做个幽默的人。我决定像他一样，在生活中做个真正幽默的人，把欢乐带给身边的每一个人。热脑袋是我的同事、朋友和家人。为了兑现承诺，我把卢安蒂诺的两个孩子送到一家条件设施很好的孤儿院，露西亚则到一家中国公司上班。

在非洲的时候，心里总是念着祖国。虽然，在那里发了财，日子却过的十分乏味。在我离开非洲大陆的时候，我决定把发生在这里的故事写下来读给你听：热脑袋的故事，一个在非洲穿着棉袄，依然会让人感觉寒冷的故事。

完！